ACQUE TORBIDE

UN THRILLER DI KATERINA CARTER

COLLEEN CROSS

Traduzione di
ALESSANDRA LORENZONI

SLICE THRILLERS

Acque torbide

Un Thriller di Katerina Carter

Colleen Cross

Categorie: misteri familiari, maghi e streghe, gialli paranormali divertenti familiari, mistero familiare, misteri divertenti, donne investigatrici, investigatori amatoriali donne, investigatori privati donne, libri di misteri familiari, gialli, suspense, gialli best seller, detective al femminile

eBook ISBN:

978-1-990-422-08-9

Slice Thrillers

ALTRI ROMANZI DI COLLEEN CROSS

Trovate gli ultimi romanzi di Colleen su www.colleencross.com

Newsletter: http://eepurl.com/c0jCIr

I misteri delle streghe di Westwick

Caccia alle Streghe

Il colpo delle streghi

La notte delle streghe

I doni delle streghe

Brindisi con le streghe

I Thriller di Katerina Carter

Strategia d'Uscita

Teoria dei Giochi

Il Lusso della Morte

Acque torbide

Con le Mani nel Sacco – un racconto

Blue Moon

Per le ultime pubblicazioni di Colleen Cross: www.colleencross.com

Newsletter:

http://eepurl.com/c0jCIr

ACQUE TORBIDE

Un thriller di Katerina Carter

Montagne Rocciose, valanghe mortali... e un assassinio a sangue freddo.

Sempre più vicino...

L'investigatore privato Katerina Carter e il suo ragazzo si godono un weekend di vacanza invernale in un lussuoso chalet di montagna, poco prima di Natale. Mentre lui scrive la biografia di un ambientalista miliardario, lei esplora la natura innevata.

Poi due ambientalisti muoiono in circostanze misteriose, che porteranno alla luce un pericolo ancora più letale. La montagna non fa prigionieri

Nemmeno l'assassino.

Se vi piacciono i thriller intriganti con aggiunta di suspense da brivido, adorerete *Una mano di verde*, un'avventura mozzafiato!

CAPITOLO 1

Katerina Carter lanciò un'occhiata verso il suo ragazzo. Jace Burton si passava una mano tra i ricci capelli scuri, la testa chinata, concentrato sui suoi appunti.

Dennis Batchelor aveva mandato il suo aereo privato a Vancouver a prenderli. L'ambientalista miliardario aveva scelto il giornalista Jace per scrivere la sua biografia. Aveva insistito per incontrarlo nel suo isolato chalet nelle Sellkirk Mountains, nella British Columbia sudorientale.

Né Kat né Jace avevano mai volato su un aereo privato prima. Kat non riusciva a smettere di guardare il panorama mentre il Cessna a due motori prendeva quota e si lasciava alle spalle il paesaggio di vetro e cemento di Vancouver. Jace, invece, era completamente assente rispetto al lussuoso ambiente che li circondava. Erano gli unici passeggeri a bordo.

L'ampio interno dell'aereo era molto lussuoso rispetto a un aereo di linea. Kat allungò le gambe e fu sorpresa di non colpire il sedile davanti a lei. A dire il vero, non c'era un sedile davanti a lei. Le poltrone imbottite assomigliavano più a qualcosa che avresti visto nell'ufficio di un dirigente o in un salotto piuttosto che all'interno di un aereo. L'arredo della cabina comprendeva anche un tavolo rettangolare di quercia con le sedie, che ricordava una sala del consiglio in scala ridotta. Kat e Jace sedevano in due delle sei poltrone reclinabili di pelle e tra loro c'era un tavolino. Di certo non sembrava di volare in economy.

Kat era ansiosa per l'avventura del weekend. Non stava seguendo molti casi con il suo ufficio di contabilità forense e accertamento frodi: con l'avvicinarsi del Natale gli affari erano diminuiti. Le indagini aperte in quel momento non erano niente di urgente. Anche i clienti erano in via di chiusura per le vacanze. Zio Harry era in ufficio a badare al fortino. Era ufficialmente in pensione ma con la sua presenza costante al fianco di Kat era diventato quasi un assistente personale nell'attività di libera professionista della nipote. Zio Harry non aveva molta esperienza in quel lavoro ma era di buona compagnia. E la sua presenza in ufficio era il motivo principale per cui lei riusciva a seguire Jace.

Non ci sarebbe stato molto da fare per zio Harry quel venerdì di dicembre, oltre a rispondere a qualche chiamata e accettare consegne di cioccolatini e dolcetti di Natale da soci in affari ed ex clienti soddisfatti. Kat non aveva nessuna forza di volontà quando si trattava di dolcetti delle feste e perciò era felice di essersi allontanata dalla tentazione.

Non vedeva l'ora di trascorrere quella breve vacanza tra le montagne. Mancavano solo due settimane a Natale e lei era già entrata nello spirito festivo.

In meno di due ore sarebbero stati ospiti di Batchelor, nella sua abitazione invernale sui monti. Quel momento dell'anno e la località remota che dovevano raggiungere rendevano l'aereo l'unico mezzo di trasporto possibile. Lei si era aggregata per il viaggio… E il fine settimana.

Quella zona aveva una storia interessante e lei aveva voglia di esplorarla. Sarebbero atterrati a Sinclair Junction, l'unica città di una qualche dimensione vicino allo chalet di Batchelor. La città era stata fondata su un filone d'oro e aveva prosperato quando la ferrovia si era spinta a ovest. Poi era precipitata in un secolo di oscurità fino alla sua recente resurrezione come capitale informale del Canada per la coltivazione di marijuana. Era uno strano posto dove stabilirsi per un miliardario.

O forse non era strano come sembrava. L'ambientalista fondatore della Earthstream Technologies aveva fatto la sua fortuna proclamandosi amico dell'ambiente.

Kat e Jace non si erano mai interessati a niente di tutto questo, finché Batchelor non aveva chiamato Jace di punto in bianco per scrivere la sua biografia. Era un'offerta che il ragazzo non poteva rifiutare. Non solo per il compenso a sei cifre ma anche per l'esposizione che sarebbe derivata dall'essere il biografo di Batchelor.

Scrivere una biografia era ben lontano dal lavoro di giornalista freelance che Jace svolgeva al *Sentinel*. Comunque si trattava sempre di scrivere e la diversificazione era una buona idea considerando il fatto che l'industria giornalistica era in calo. La storia di un miliardario era di sicuro successo e avrebbe potuto aiutare Jace a indirizzare il suo talento nello scrivere verso una nuova carriera.

Erano passati solo venti minuti da quando erano partiti da Vancouver e si erano già lasciati alle spalle le Coast Mountains. Il cielo era limpido e sotto di loro si vedeva una grande foresta interrotta solo dalle acque azzurre del lago che scintillavano come gioielli al sole luminoso dell'inverno. Più avanti si scorgevano i picchi coperti di neve delle catene montuose delle Selkirk e Purcell, e più oltre le Montagne Rocciose. Una volta atterrati a Sinclair Junction avrebbero trovato un autista che li avrebbe accompagnati in mezzo alle montagne, verso lo chalet di Dennis Batchelor.

L'ambientalista aveva sfruttato il suo attivismo per ricavarne un affare da miliardi di dollari. Aveva fatto qualcosa di concreto con le consulenze ambientali, con società di energia solare ed eolica e in generale "investendo nel verde", come gli piaceva dire.

"Cosa farò io, Jace?" Tutto il weekend senza niente da fare, un cambiamento enorme dalla sua attività lavorativa di ventiquattro ore al giorno per sette giorni. Come unica investigatrice di una impresa di contabilità forense e accertamento frodi in crescita, non era abituata ai momenti di riposo. "Avrei dovuto portarmi un po' di lavoro."

Jace scosse la testa. "Questa è l'opportunità perfetta per rilassarti. Mentre io lavoro tu puoi riposarti e divertirti, tanto per cambiare."

"È quello che ho in mente ma non sono sicura di farcela per un intero fine settimana." Diede un colpetto alla sua borsa da viaggio come misura di sicurezza. All'interno c'erano le guide e le cartine della zona. Avrebbe potuto andare con le racchette da neve o arrampicarsi, a seconda della quantità di neve sul terreno. Aveva anche portato cinque o sei romanzi gialli, nel caso fosse stata costretta a restare all'interno. L'unica cosa con cui aveva difficoltà era il non fare proprio niente.

"Non è così difficile quando ti ci abitui. Considerala la tua missione. Per una volta ci scambiamo il posto. Sarò io a lavorare tutto il fine settimana." Jace avrebbe completato una prima bozza per farla vedere a Batchelor che avrebbe dovuto approvarla prima della loro partenza la domenica, avrebbe poi completato il libro una volta tornati a Vancouver.

Non c'era niente di sbagliato ad avere un po' di tempo libero, decise Kat. Solo non ci era abituata. Comunque si era portata il computer per maggiore sicurezza, nel caso fossero sorte difficoltà in ufficio.

Una gelida tempesta invernale aveva sconvolto la zona negli ultimi giorni e i loro piani di volo erano rimasti in sospeso fino a quella mattina, quando il tempo era leggermente migliorato. "Spero che non resteremo bloccati dalla neve," disse Kat. "Ho un appuntamento in ufficio con un cliente lunedì mattina."

"Sono sicuro che il tempo reggerà." Jace alzò lo sguardo dal suo blocco di appunti. Amava stare all'aperto ed era volontario in una squadra di ricerca e soccorso. Praticamente idolatravano Batchelor per il suo lavoro sull'ambiente. "Non riesco ancora a credere che tra tutti quanti abbia scelto me per scrivere la sua biografia. Avrebbe potuto assumere chiunque."

"Ma non ha scelto chiunque." Lei appoggiò la mano su quella di lui. "Ha scelto te."

"Sono un po' nervoso. E se incasino tutto?" L'abituale sicurezza di Jace era venuta a mancare a causa dell'ammirazione che provava per il suo committente.

Kat gli strinse la mano. "Non essere ridicolo. Lavori per il *Sentinel* da più di dieci anni. Ha scelto te perché sei un bravo scrittore."

"Non ho mai scritto un libro intero prima, figuriamoci l'autobiografia di un famoso miliardario."

"Puoi farcela. Potrebbe aprirti nuove possibilità."

"Lo so." Sospirò Jace. "Ma non pensavo che il mio primo libro sarebbe stata una biografia. Pensavo che sarebbe stato un romanzo d'azione o qualcosa del genere."

"Non importa. Tu sai scrivere e Batchelor si fida di te. La tua esperienza di vita all'aperto è qualcosa in comune da cui partire." Oltre a essere un volontario di ricerca e soccorso, Jace amava camminare e sciare. Qualunque cosa si facesse all'aria aperta, lui la faceva. Entrambi gli uomini amavano la natura e rispettavano l'ambiente.

"Spero che tu non ti annoierai, perché io sarò impegnato giorno e notte con questo tizio. Devo completare la prima bozza entro il fine settimana. Tu cosa farai?"

Kat rise. "Penserò a qualcosa." Anche se per cambiare sarebbe stato bello semplicemente rilassarsi, forse avrebbe potuto dare una mano. Jace spesso l'aiutava con i suoi casi di accertamento frodi e sarebbe stato carino restituire il favore. "Sono sicura che riusciremo a rubare qualche momento per noi."

"Non ti prometto niente. Sai come sono questi ricconi. Ho il sospetto che sarò con lui ogni ora di veglia."

"Va bene. Io posso sempre andare in città e guardarmi intorno."

Kat lanciò un'occhiata agli appunti di Jace. "C'è qualcosa di molto privato nella sua biografia? Scommetto che ha un po' di segreti da raccontare."

"Se fosse così non avrei accettato il lavoro." Jace allungò le sue lunghe gambe. "Né ci avrei messo il mio nome. Un po' di polemica è quello che ci vuole. È il genere di cosa che la gente è curiosa di leggere."

"Lo renderà obiettivo e bilanciato. Se è così, andrai bene." Dennis Batchelor era apprezzato per il suo lavoro sull'ambiente ma aveva una quantità di nemici per il suo approccio senza esclusione di colpi. Alcuni lo accusavano di badare ai propri interessi e di mettere i suoi obiettivi personali davanti alle cause ambientali con tattiche volte ad attirare i media. Ma era la stessa spietatezza che separava i miliardari dai falliti.

Kat perlustrò la lussuosa cabina. L'aereo aveva meno della metà dei sedili di un aereo di linea e l'atmosfera era molto più informale. Nessuna coda per la sicurezza e per l'imbarco, niente bagagli pigiati nei contenitori sopra la testa e nessun passeggero maleducato. Questa sarebbe stata la prima, e probabilmente anche l'ultima, volta che volava su un aereo privato.

Avevano avuto uno snack composto da salmone affumicato, bruschetta e formaggi esotici, tutto accompagnato da acqua frizzante. Avrebbe di certo potuto abituarsi a questo trattamento da rockstar. Ma era meglio di no, dato che il volo durava solo un'ora. Kat era acutamente conscia che questa sarebbe stata probabilmente l'unica volta in cui avrebbe provato un tale lusso. Davvero l'opposto rispetto ai voli economici affollati e senza spuntino a cui era abituata.

Batchelor aveva fondato GreenThink, una lobby ambientale famosa per le sue posizioni contro il disboscamento, la piscicoltura e praticamente tutto quello che univa i grandi affari alla natura. Dai suoi inizi trent'anni prima, aveva influenzato governi e ispirato protezione e conservazione ambientale.

Con una svolta ironica, il tenace crociato ambientale si era trasformato lui stesso nel volto dei grandi affari. La Earthstream

Technologies, la sua società di straordinario successo, era sorta dal suo lavoro ambientale e aveva avviato un impero aziendale multimiliardario. La tecnologia brevettata di decontaminazione della Earthstream ripristinava i siti contaminati in una frazione del tempo e dei costi che occorrevano ai prodotti dei concorrenti.

Il motto della Earthstream, *"Il verde fa bene"* era vero in più di un senso. Le società di Batchelor utilizzavano tecnologie che favorivano o conservavano l'ambiente. Oltre al recupero e alla pulizia ambientale, la società aveva sviluppato una tecnologia brevettata per la dissoluzione delle tossine senza l'utilizzo di prodotti chimici corrosivi. La Earthstream era un caso da manuale che dimostrava che fare il bene poteva anche portare guadagno.

Kat fece un salto sul sedile quando il Cessna attraversò una sacca di turbolenza. Guardò fuori dal finestrino e vide che il cielo, prima luminoso e senza nuvole, si era oscurato e coperto.

Il Cessna iniziò la sua discesa. Attraversò le nubi mostrando ripide montagne coperte di neve e il vivace turchese di un lago glaciale annidato in una grande vallata. L'aereo fece il giro dello specchio d'acqua e poi atterrò su una pista di fianco al lago.

Scesero dall'aereo e furono accolti da un sole accecante con una brezza fredda che soffiava dal lago e la neve che copriva il paesaggio circostante. Kat rabbrividì nel suo piumino pesante mentre attendeva la fase successiva del viaggio verso l'abitazione montana di Batchelor.

Furono accolti da un uomo di quasi quarant'anni, alto e con la barba. Tese loro la mano e sorrise. "Ranger. Vi accompagnerò allo chalet."

Kat si chiese se quello fosse il suo nome o cognome ma non ebbe l'occasione di chiederlo. In un secondo l'uomo e Jace erano impegnati in una discussione animata sull'equipaggiamento da sci.

Lei si guardò intorno sulla pista e notò poca attività nel piccolo aeroporto. Il loro era l'unico volo, anche se c'erano alcuni altri aerei parcheggiati dentro o fuori gli hangar. A parte il Land Cruiser di Ranger, non c'erano altri veicoli ad aspettare i voli.

Kat sapeva che la città era caduta in disgrazia ma si era aspettata maggiori segni di vita. Si gettò la sacca sulla spalla e seguì Ranger e Jace verso il furgone.

Ben presto imboccarono una strada ripida che portava alla zona più vivace della città. Kat riuscì a cogliere scorci del centro storico mentre lo attraversavano e fu subito affascinata dagli edifici di pietra e mattoni della fine del diciannovesimo secolo. Un centinaio di anni prima c'era stato il boom dell'oro e dell'argento, seguito da decenni in cui la città era stata un centro di trasporto ferroviario. L'architettura rifletteva quel breve periodo di prosperità.

Dopo quasi un secolo di lento declino, la città si era reinventata come capitale ufficiosa della marijuana della British Columbia, ma anche quel commercio si era esaurito. Le fortune che si erano accumulate tra le colline erano sparite insieme alla gente e la città aveva ora un aspetto trascurato e disordinato.

Avrebbe voluto fermarsi ed esplorarla meglio ma la loro destinazione finale era ancora a un'ora di distanza. Dopo alcuni isolati di caffetterie chiuse e negozi dalle vetrine antiquate, la città si esauriva in una superstrada a due corsie circondata da fitte foreste. Per tutto il viaggio passarono solo alcune auto in direzione opposta e Kat rimase sorpresa quando si fermarono all'improvviso dopo tre quarti d'ora.

Una decina di veicoli, soprattutto furgoni e SUV, erano parcheggiati a casaccio sul bordo della strada. Ranger rallentò e girò nella strada sterrata davanti alle auto. C'era un veicolo che bloccava la strada.

Erano in mezzo al nulla. Da dove erano arrivate quelle auto?

Un gruppo di uomini e donne era fermo in mezzo alla strada a quindici metri dall'incrocio. Brandivano cartelli di protesta. Una donna più anziana si allontanò dal centro del gruppo e si diresse verso di loro. Era una manifestazione.

Kat era sulle spine. "Chi è questa gente?"

Ranger rallentò a passo d'uomo. "Solo un gruppo di radicali. Ce n'è un sacco qui intorno."

"Cosa vogliono?" Chiese Jace.

Gli uomini e donne che bloccavano la strada portavano dei cartelli. Uno diceva: *Proteggiamo l'acqua potabile.* Un altro diceva: *Noi viviamo qui. Non avvelenateci l'acqua.*

Diversi metri più giù lungo la strada un altro gruppo si dava da fare intorno a un fuoco di fortuna acceso in una latta. Una struttura di compensato semi permanente forniva riparo. Sotto c'erano alcune sedie di plastica.

"Tutto e qualunque cosa," disse Ranger. "Sono decisamente contro ogni genere di sfruttamento. Come se le loro case e fattorie non fossero lo stesso genere di cosa."

Kat lanciò un'occhiata a Jace. "Tu vivi qui?"

Ranger annuì. "Vivo nella proprietà in un alloggio separato."

Kat ne desunse che lui non possedeva terreni nella zona. Questo spiegava la sua attitudine disinteressata riguardo lo sfruttamento. Non gli importava cosa veniva fatto perché non riguardava una sua proprietà.

"Cosa c'è che non va con l'acqua potabile?" Chiese Kat.

"A dire la verità, niente. Reagiscono in modo eccessivo e creano problemi con tattiche intimidatorie."

"Perché lo fanno?"

"Qui vicino c'è una vecchia miniera. È rimasta chiusa per un paio d'anni, quindi non c'è attività. Una piccola porzione del bacino di decantazione, dove finiscono gli scarichi di roccia, acqua e solventi, si è rotta e loro pensano che stia contaminando l'acqua."

"Non è così?" Chiese Jace.

"Tecnicamente, sì, ma è una cosa insignificante. L'acqua del bacino di decantazione è uscita ma non ha mai raggiunto Prospector's Creek. La falda sotterranea è risultata positiva alla contaminazione, ma è stato tre anni fa. Il sito è stato completamente ripulito e niente ha mai raggiunto le tubature dell'acqua o la proprietà di qualcuno. Ma loro non la vedono così. Sostengono che ci sono state delle perdite, ma io dico che stanno solo cercando una scusa per protestare." Ranger rallentò ulteriormente avvicinandosi al gruppo.

"Se questa zona è così isolata, perché sono venuti qui?" Chiese Kat.

Ranger incrociò il suo sguardo nello specchietto retrovisore. Aggrottò la fronte. "Cosa intendi?"

"Beh, potrebbero starsene qui per giorni senza che passi nessun veicolo."

"Mi hanno visto uscire e sapevano che sarei tornato, così hanno raccolto le truppe," disse.

"Ma la protesta non ti riguarda, giusto? La dimostrazione è a nostro beneficio, per i vostri ospiti?"

"In parte. Ma anche se non ci foste voi avrebbero bloccato la strada. A loro piace tormentarci. Ma come ho detto, è inutile. L'acqua è pulita, come è sempre stata, e viene testata regolarmente." Ranger rallentò mentre una donna di circa sessant'anni si avvicinava al furgone. "In ogni caso non ha niente a che fare con Dennis."

Ranger abbassò il finestrino. "Elke."

"Non puoi passare."

"Non puoi fermarmi. Abito qui."

Elke sbirciò nel furgone. "Chi è questa gente?"

"Non sono affari tuoi. Ma te lo dirò comunque. Sono amici di Dennis. Ora comportati da brava vicina e lasciaci passare."

Elke si acciglò ma si allontanò dal furgone. Ranger superò lentamente il gruppo che gridava oscenità.

Quando ebbero superato il blocco, Kat si girò per guardare. "Avete un bel comitato d'accoglienza."

I manifestanti avevano abbassato i cartelli e tornavano verso il loro riparo di compensato. "Fa terribilmente freddo a restare lì fuori."

"I più furbi se ne sono andati tempo fa," disse Ranger. "Ma c'è sempre qualche irriducibile."

"Elke è una di quelli?"

"Sì. Lei e il marito vogliono un accomodamento economico. Ridicolo, dato che non hanno avuto nessun tipo di danno. Dicono che il valore della loro proprietà è calato ma il valore dei terreni è sempre stato basso da queste parti. Stanno solo cercando una scusa per fare soldi."

"E perché infastidire Dennis? Chi sono i proprietari della miniera?" Chiese Jace.

"Sono all'estero," disse Ranger. "Dato che i proprietari della miniera sono assenti, questi pensano che otterranno attenzione disturbando Dennis. Noi cerchiamo di ignorarli."

"Dov'è questa miniera?" Kat non aveva visto nessun genere di attività economica dopo aver lasciato Sinclair Junction.

"La Regal Gold Mine è alla fine della strada. Ai confini della proprietà di Dennis. Se un attivista ambientale come Dennis non se ne preoccupa, non dovrebbero nemmeno loro. Stanno facendo una montagna di un topolino, semplicemente cercando il litigio."

"Esattamente di chi è la miniera?" Chiese Jace.

"La Regal Gold Mine è di proprietà di una società cinese che vuole mantenere un basso profilo. Non c'è modo di raggiungere i proprietari. I dimostranti si sono lamentati con il governo, che sostiene che questo non sia sua responsabilità. Quindi l'obiettivo successivo è Dennis, dato che è un ambientalista. Pensano di poterlo costringere a far propria la causa." Scosse la testa. "Si sbagliano. Non gli piace che gli si dica cosa fare."

Kat rise. "È piuttosto ironico, non pensi? Dennis Batchelor bersaglio dei dimostranti?"

Ranger rimase in silenzio. Questa volta non incrociò il suo sguardo nello specchietto retrovisore.

Lei pensava fosse divertente, ma forse avrebbe fatto meglio a restare zitta.

Percorsero la ripida strada sterrata arrampicandosi su per la montagna. A distanza di minuti si aprivano spazi tra gli alberi dove Kat riusciva a cogliere scorci della valle sottostante. Era una vista mozzafiato. Altissime montagne circondavano un lago turchese circondato dalla neve.

"È molto bello qui, così puro e selvaggio." Capiva perché Batchelor aveva scelto quella zona come sua residenza. Era a poca distanza da Vancouver con l'aereo, e tuttavia isolata e non facilmente accessibile ai media e al pubblico in generale.

Qualche minuto dopo la strada sterrata arrivò in piano e si trasformò in asfalto, portandoli su un ampio altipiano in cima alla montagna. Lo chalet di Dennis Batchelor era visibile da più di un chilometro al limite dell'altipiano. Era una struttura massiccia di pietra e legno, costruita su un affioramento roccioso che sporgeva su un paesaggio altrimenti piatto. Sembrava una capanna di tronchi pompata di steroidi costosi. Era circondata da edifici più piccoli e aveva la foresta su due lati. La facciata principale era in vetro e si apriva sulla valle sottostante.

NEL SALONE gli furono offerti cappuccini caldi mentre veniva preparato il loro alloggio, una costruzione autonoma sull'orlo del precipizio. A Kat quel posto piaceva sempre di più.

Il salone dello chalet era più grande di tutta la loro casa. Vetrate dal pavimento al soffitto si alternavano a fasci di legna e pietra che gli conferivano un aspetto di lusso non esasperato. Nell'unico muro era inserito un massiccio caminetto di roccia con un fuoco scoppiettante. Tutto intorno, il focolare era decorato con immagini di Batchelor scattate nel corso degli anni. Le fotografie erano in ordine cronologico e formavano una sequenza temporale che raccontava la vita del padrone di casa e il movimento ambientale che aveva ispirato.

La prima foto era quella che aveva procurato a Batchelor un seguito internazionale. Diversi attivisti bloccavano una strada forestale e tra loro un ribelle Dennis Batchelor di quasi vent'anni, punto centrale dell'immagine. Si era incatenato a un vecchio peccio di Sitka. Sfoderava verso la fotocamera un sorriso di sfida. Una decina di taglialegna lo guardavano senza poter passare. La polizia era alle spalle dei taglialegna, timorosa che qualunque azione potesse provocare uno scontro.

Il momento catturato in quello scatto era stato fondamentale per influenzare l'opinione pubblica sulla situazione della Carmanah Valley e i suoi leggendari orsi spirito. Le proteste erano andate avanti per anni ma quel giorno era stato il culmine. I dimostranti si erano mobilitati in massa per partecipare alla lotta. Quel momento segnava anche l'inizio della crociata ambientale di Batchelor.

Anche se Batchelor non era certo il principale dimostrante, il suo carisma e le sue sceneggiate oltraggiose attiravano l'attenzione così come la massa critica dei seguaci. Le sue bravate spettacolari erano perfette per il video e lui ne ricavò uno status quasi mitico di eroe dell'azione. Molte imprese erano realmente pericolose ma lui otteneva l'attenzione che desiderava. Non si faceva problemi a lanciarsi da un aeroplano proprio nel mezzo di un'operazione di abbattimento di alberi.

Il suo idealismo faceva il paio con il suo bell'aspetto giovanile e questo gli procurò diversi seguaci, soprattutto di sesso femminile. L'opinione pubblica costrinse il governo a mantenere e proteggere quello che restava della vecchia foresta.

Batchelor aveva poco più di vent'anni quando aveva fondato GreenThink, il movimento ambientale di base che aveva ispirato una generazione di giovani. Alcuni anni più tardi aveva unito la sua passione per l'ambiente con una serie di imprese di profitto. La più recente, Earthstream Technologies, era una storia di successo da miliardi di dollari. Kat si chiese se l'hippy incatenato all'albero avesse mai immaginato che un giorno sarebbe diventato un famoso miliardario.

"Ce l'avete fatta." Una profonda voce maschile eruppe da qualche parte alle loro spalle.

Kat si girò e vide Dennis Batchelor in piedi sulla soglia. Aveva trent'anni di più, era più pesante di venti chili e il volto una volta bello era stato sostituito da un doppio mento e ombre scure sotto gli occhi. Anche se ricordava ancora vagamente il giovane dimostrante della fotografia, i miliardi gli erano costati cari.

Indossava una camicia di flanella, jeans scoloriti e stivali da cowboy consumati.

Lui colse l'occhiata di Kat. "Nessuno indossa abiti eleganti qui. Ci si veste normalmente."

"Certo." Kat sorseggiò il cappuccino e indicò la più grande delle foto. L'immagine rappresentava Batchelor che sfidava un camion di legname in mezzo a una strada forestale in costruzione, fiancheggiata da pecci di Sitka centenari. "Mi ricordo di aver visto quell'immagine quando ero una bambina. Non avevo mai riflettuto seriamente sull'ambiente finché non ti ho visto."

"Nessuno l'aveva fatto. Per quel motivo dovevo mantenere la mia posizione." Rise Batchelor. "Anche se temevo che mi sarebbero passati sopra. La situazione era piuttosto estrema a quei tempi."

"Quel giorno hai salvato la foresta," disse Jace.

"Qualcuno doveva farlo," disse Batchelor. "Finché ancora potevamo. La costruzione di quella strada avrebbe portato una serie di problemi. Gente, auto, imprese inquinanti. Una volta che si è distrutto l'ambiente, è piuttosto difficile tornare indietro."

"Hai ispirato un'intera generazione, me compreso," disse Jace. "Raccontare a tutti la verità, per quanto controversa. È il motivo per cui sono diventato giornalista."

Batchelor sorrise. "Molto lusinghiero. È anche il motivo per cui ho chiamato te per la mia biografia. Ho bisogno di lavorare con qualcuno che capisce quello che conta per me."

Scrivere la biografia di Dennis Batchelor era una grandissima opportunità, l'opportunità di una vita che avrebbe potuto incentivare, o distruggere, la carriera di Jace. Giravano numerosi pettegolezzi sul fatto che fosse notoriamente difficile lavorare con il magnate, ma Kat non ne vide traccia. Almeno non ancora.

Batchelor si diresse a grandi passi verso il caminetto. "Tu

apprezzi l'aria aperta come me." Fece un cenno verso Kat. "Penso che piacerà a entrambi un fine settimana da queste parti. Non è fantastico?"

"Completamente incontaminato," concordò Jace. "È un posto magnifico."

"Mi ci sono voluti dieci anni per costruirlo," disse Dennis. "E dopo tutto questo, riesco di rado a stare a casa per godermelo."

CAPITOLO 2

Il cosiddetto cottage di Kat e Jace era novecento metri quadrati di lusso, una vera capanna di tronchi con il soffitto alto sei metri e un loft al secondo piano. Il piano principale era aperto con l'eccezione di due camere da letto e bagno.

"Non riesco a credere che abbiamo questo posto tutto per noi," disse Kat. "Non penso di essere mai stata in un posto così lussuoso."

Jace annuì. "Almeno tu avrai l'occasione di goderlo. Io sarò impegnato tutto il weekend a lavorare con Dennis."

"Avremo un po' di tempo per noi, no?" A Kat sarebbe piaciuto sciare o passeggiare con le racchette da neve in quel paesaggio spettacolare. "Forse più tardi questo pomeriggio?"

"Non ci conterei. La gente come Dennis sembra che lavori ventiquattro ore al giorno, cercano sempre nuovi modi di fare sempre più soldi. È di questo che tratta il libro: il modo di capitalizzare sul suo nome. Vuole vedere una prima bozza entro domenica."

"È esageratamente veloce. Comunque alla fine probabilmente

ne vale la pena. Lavorare con un miliardario dovrebbe farti un po' di pubblicità nel frattempo." Un libro su Dennis Batchelor era praticamente un bestseller garantito. La gente idolatrava il famoso ambientalista. Era un nome conosciuto in tutto il Nord America.

Kat aprì la borsa e tirò fuori il computer. Lo accese. "Se devo starmene proprio a far niente, non potrei trovare un posto migliore dove farlo."

"Tutto quello di cui hai bisogno è un po' di relax," concordò Jace. "Spegni il telefono e scollegati dal mondo."

Lei non vedeva l'ora di avere un po' di tempo per sé ma prima voleva controllare i messaggi. Imprecò quando si rese conto che il suo cellulare non aveva campo. "Sembra che non funzioni qui. Troppo isolato per avere campo, immagino." Non aveva pensato che probabilmente non c'erano trasmettitori tra le montagne. Come se la cavava Batchelor?

Si concentrò sul computer. "Oh. Non c'è nemmeno Internet. Non riesco a connettermi." Batchelor doveva avere almeno una connessione satellitare. Anche se queste erano notoriamente lente e inaffidabili.

"Non ne hai bisogno." Era una continua battaglia tra loro. Jace lasciava il suo lavoro in ufficio mentre Kat non aveva confini rigidi tra lavoro e casa. O, come avrebbe detto Jace, lei non aveva una vita. In quel momento la situazione era ribaltata. Questa volta sarebbe stata Kat quella con più tempo libero.

Jace aveva già tolto dalla valigia la maggior parte dei vestiti e li aveva sistemati in uno dei due cassettoni gemelli che si trovavano ai lati del grande letto matrimoniale nella camera principale. Le cose di Kat erano ancora in valigia. Se ne sarebbe occupata più tardi, dopo essere riuscita a impostare il computer.

"Pensavo avessi lasciato quel coso a casa." Si accigliò Jace. "A che scopo stare in questo posto se non riesci a godertelo?"

"È troppo difficile, Jace. Non riesco a staccare finché non sono sicura che a casa è tutto a posto. Voglio solo controllare la posta elettronica una volta ogni tanto." La sua felicità in quel momento dipendeva da una connessione Wi-Fi. Si rendeva conto che suonava stupido ma almeno era sincera con se stessa.

"Sono io che devo lavorare, non tu." Jace alzò gli occhi al cielo. "Avrei dovuto perquisire il tuo bagaglio prima della partenza. Con te c'è bisogno di un intervento o qualcosa di simile. Cerca di dimenticarti del lavoro almeno per un fine settimana, ok?"

Jace probabilmente aveva ragione ma il suo posto di giornalista investigativo significava che poteva far conto su di un assegno fisso da parte del *Sentinel* anche se gli affari andavano a rilento. Lei, d'altra parte, lavorava in proprio. Se non lavorava, non veniva pagata. Comunque Jace aveva un po' di ragione. Con il Natale che si avvicinava, il lavoro di Kat era diminuito parecchio. Tutti i casi di indagine per frode erano stati chiusi e lei era libera fino a gennaio. La maggior parte delle persone si era già messa in vacanza. Avrebbe dovuto fare lo stesso. Tecnicamente anche lei era in vacanza, con un fine settimana completamente libero in una località selvaggia e con una sistemazione lussuosa, anche se Internet funzionava male. Il suo unico obiettivo era divertirsi. Quanto poteva essere difficile?

E se qualcuno avesse avuto bisogno del suo aiuto? Un nuovo cliente?

Poco probabile in quel momento dell'anno. "Credo che tu abbia ragione." Sospirò e chiuse il computer. In ogni caso, in quel momento era isolata dal mondo esterno. Avrebbe riprovato quando Jace avesse iniziato a lavorare.

Era un po' sciocco trascorrere del tempo guardando uno schermo quando si era circondati da un paesaggio così incontaminato e selvaggio. L'unico lato negativo era che Jace sarebbe stato impegnato, ma lei si sarebbe divertita comunque. Poteva andare con le racchette da neve, passeggiare o semplicemente rilassarsi in quel cottage meraviglioso.

Si gettò sul grande letto matrimoniale e sprofondò nella

lussuosa morbidezza della coperta di piumino. Si rotolò su un lato per godere del panorama attraverso le finestre a tutta altezza. Una porta finestra si apriva su un grande terrazzo esterno che offriva una vista a 180 gradi della vallata sottostante.

"Vieni a vedere il panorama. È incredibile." Si mise seduta su cinque, sei cuscini e osservò la stanza. La cosa migliore era che il cottage era completamente autonomo, con una cucina completamente attrezzata che comprendeva anche una cantinetta refrigerata per il vino.

"Ancora un attimo." Jace apparve sulla soglia, con la valigia in mano. "Guarderò più tardi, dopo aver sistemato le mie cose."

"Non aspettare troppo."

Il loro alloggio era a una cinquantina di metri dallo chalet principale e residenza privata di Batchelor, completamente nascosto da una piccola siepe di sempreverdi. Tutte le comodità erano a portata di mano e tuttavia erano completamente soli. Il senso di solitudine in mezzo alla natura selvaggia l'aveva già provato un'altra volta, durante un trekking di una settimana in Alaska. Anche quella volta erano arrivati in volo. Ma qui terminavano le similitudini. Anche se erano tra i boschi in entrambe le occasioni, l'esperienza attuale era di livello superiore.

La neve aveva iniziato a cadere poco dopo il loro arrivo nel cottage ma spessi fiocchi coprivano già il terreno con uno strato bianco. Kat seguì con gli occhi il volo di un'aquila reale, che si muoveva in cerchi per atterrare infine sul pino che delimitava il terrazzo del cottage.

"Guarda, Jace. C'è un nido proprio qui fuori." Indicò la cima dell'albero: l'aquila si era posata sul bordo di un grosso nido. Si poteva guardare tutta quell'attività attraverso le finestre senza nemmeno alzarsi dal letto. Sarebbe riuscita a lasciare quel posto?

Jace appoggiò le sue cose e si avvicinò a lei sul letto. "Come sei fortunata. Peccato che io devo lavorare."

Kat fece il broncio e si accoccolò vicino a lui. "Poverino."

L'aquila sparì all'interno del nido gigante, senza curarsi dei loro sguardi. Probabilmente si era rintanata in attesa che smettesse di nevicare.

Il loro cottage era costruito proprio nella roccia. Tutto il lato che dava verso sud era di vetro e consentiva una vista mozzafiato della vallata parecchie decine di metri più in basso. Il progetto dell'architetto aveva seguito il contorno della roccia e aveva sfruttato la conformazione del terreno per ottenere riparo dal vento. La terrazza all'aperto sporgeva dalla roccia, a quasi dieci metri di altezza, in modo da consentire la vista del panorama a volo d'uccello.

Era sufficiente per togliere il fiato.

Quel luogo era privilegio di pochi dato che la proprietà di Batchelor era rintanata in un angolo delle Selkirk Mountains difficile da raggiungere. La strada sterrata che avevano percorso non era facile da scorgere; l'unico altro accesso era via elicottero o motoslitta.

Kat osservò il panorama. Come aveva fatto Batchelor a scoprire un posto così remoto? "Potrei decisamente abituarmici." La foresta sul lato orientale del cottage era visibile dall'angolo della finestra. Sugli alberi, con la neve caduta nell'ora passata, si era formata una leggera copertura simile a zucchero. Un cambiamento deciso rispetto al sole brillante che li aveva accolti quando l'aereo era atterrato poche ore prima.

Jace si rotolò verso Kat e la avvolse con le sue le braccia. "Anch'io."

"Quando devi vedere Batchelor?"

"Tra un'ora." Jace si sedette e prese un apparecchio radio dalla tasca. La voce di Dennis crepitò nell'aria. Gli uomini parlarono per meno di un minuto. "Cambio di piano. Vuole partire subito."

"Suppongo che tu non voglia far aspettare un miliardario." Sorrise Kat, ma era delusa. Jace era già incatenato a Dennis via radio. E così, addio tempo insieme prima dell'inizio del lavoro. "È meglio che tu vada."

Jace la baciò. "Tornerò presto. Dobbiamo semplicemente discutere lo schema che gli ho anticipato." Jace l'aveva spedito la settimana prima, dopo aver firmato il contratto.

Kat sospirò. "Sarò qui. A non fare niente, ovviamente."

Guardò fuori dalla finestra. Mancavano ore al tramonto anche se il cielo era grigio a causa delle nubi basse. Forse era il giorno adatto per restare a godersi il cottage.

Un fuoco nel caminetto scoppiettava e riscaldava la stanza. L'avevano trovato già acceso al momento del loro arrivo, un pensiero carino. Il fuoco era rilassante e riscaldava. Jace aveva ragione. Il relax le faceva bene all'anima. Sfortunatamente la sua era un'anima in pena.

Kat si alzò e si inginocchiò vicino al caminetto. Prese un ceppo dal cumulo lì accanto e lo aggiunse al fuoco. Alimentò il fuoco, incantata dalle fiamme. Chi stava prendendo in giro? Non era incantata, era annoiata. Voleva restare seduta a far niente ma scoprì che le era impossibile.

Comunque, in quel momento non era possibile andare fuori lasciando il fuoco acceso. Avrebbe potuto fare un po' di stretching mentre aspettava che le fiamme si spegnessero. Fece un profondo respiro yoga e si inginocchiò vicino al camino. Poi si mise a tossire per il fumo che ne usciva.

Da dimenticare.

Come poteva indurre una calma zen mentre Jace lavorava come un pazzo lì vicino?

Diede dei colpetti al fuoco con un ferro e spense le fiamme con la cenere. Aveva ancora tempo per una passeggiata nella proprietà mentre c'era luce. L'aria fresca l'avrebbe rinvigorita. E poi, avrebbe avuto tutto il tempo per rilassarsi vicino al fuoco con Jace più tardi.

Si mise gli scarponi e la giacca e uscì lungo il sentiero di pietra che portava allo chalet, a qualche centinaio di metri. Aveva notato diversi sentieri laterali che si staccavano da quello principale tra il suo cottage e lo chalet e quello era un momento buono come un altro per esplorarli. Non aveva percorso neanche cinque metri che si imbatté in Jace.

Percorreva il vialetto pestando i piedi, il volto arrossato e arrabbiato. Non l'aveva nemmeno riconosciuta.

"È stato veloce," disse mentre Jace le sfrecciava accanto. "Hai dimenticato qualcosa?"

"Solo il mio buon senso." Marciò verso il cottage.

Lei invertì il passo e lo seguì. Era uscito da meno di mezz'ora. "Cosa succede?"

"Te lo dirò dentro." La superò di volata e salì le scale del cottage. Pestò i piedi sullo zerbino un po' più forte del necessario per togliere la neve attaccata alle suole. Si slacciò gli scarponi e li scalciò via. "Sapevo che la proposta di Batchelor era troppo buona per essere vera."

Anche Kat si tolse gli scarponi e seguì Jace all'interno. Afferrò entrambe le paia di calzature e le portò dentro proprio nel momento in cui un vento gelido soffiava i fiocchi di neve nell'ingresso. Non era da Jace essere arrabbiato, soprattutto riguardo il lavoro.

Jace si tolse la giacca e la buttò su una sedia nella sala da pranzo. Marciò verso l'armadio e afferrò il suo borsone da viaggio gettandolo sul letto. "Batchelor mi ha mentito. Non vuole un biografo. Vuole che faccia il ghost writer per le sue memorie. Non è quello che ho firmato."

Proprio quello che lei temeva. L'ammirazione reciproca le era sembrata esagerata e questo cambio improvviso aveva guastato l'idolo della sua giovinezza. "Questo non va bene. Ma comunque è disposto a pagare molto. È un problema così grosso?"

"Certo che lo è. Abbiamo concordato una biografia che fosse firmata da Jace Burton. Non un'autobiografia dove io sono semplicemente un ghost writer anonimo."

Kat sospirò. Lei avrebbe ingoiato l'orgoglio per centomila dollari. Entro limiti ragionevoli, ovviamente. "Non è la stessa cosa che ti ha proposto, ma comunque ti paga centomila dollari."

"Possono anche essere un sacco di soldi, ma per me è anche un sacco di lavoro. Questo contratto mi avrebbe consentito di diventare un autore. Invece, come ghost writer io faccio tutto il lavoro ma resto invisibile."

"E te lo dice ora, dopo che siamo arrivati fin qui?" Aveva pensato che fosse troppo bello per essere vero ma non aveva voluto privarlo dell'illusione dopo che la settimana prima Batchelor aveva tirato fuori l'argomento. Ed era stato organizzato tutto così rapidamente in modo da non lasciare il tempo di riflettere.

"Ha organizzato tutto di proposito. Probabilmente sapeva che avrei rifiutato un lavoro di ghost writer."

"Pensi che lui ti abbia ingannato e fatto venire fin qui di proposito?" Anche se lei aveva sospettato un inghippo nell'affare a sei cifre, dubitava che Batchelor lo avesse ingannato di proposito. Jace probabilmente non aveva letto i caratteri piccoli.

"Sì," sospirò Jace. "Come ho fatto a essere così stupido?"

"Non è la fine del mondo, Jace." Afferrò una bottiglia di merlot dal bancone della cucina e cercò un cavatappi. Sembrava che Jace non sarebbe tornato al lavoro quel giorno e, se c'era qualcuno che aveva bisogno di rilassarsi e addolcirsi, quello era lui.

"È offensivo. Tu sai cosa significa fare il ghost writer."

Kat si sentì colpevole a godersela mentre chiaramente non era così per Jace. Ma non voleva che il weekend finisse proprio quando lei iniziava a rilassarsi.

"Capisco che non è quello che ti aspettavi, ma cosa c'è di male se c'è il suo nome sulla copertina invece del tuo? È evidente che lui comunque ha una buona opinione della tua scrittura." Non era il massimo, ma lei l'avrebbe fatto per centomila dollari. Individuò una coppia di bicchieri da vino nella credenza e li riempì. Ne passò uno a Jace che lo appoggiò sul tavolo.

"Quello non è il problema principale." Jace si avvicinò al cassettone e buttò fuori una manciata di vestiti. Li gettò nel suo borsone da viaggio. "Significa che devo scrivere la storia come lui la racconta. Che sia la verità o no. Nessuna verifica indipendente. Nessun punto di vista obiettivo. Sono semplicemente uno scriba, per lui. È offensivo."

"Stai lasciando che le emozioni prendano il sopravvento. Fermati e pensaci un attimo." Jace tendeva a essere piuttosto avventato quando era contrariato o arrabbiato. Questo lavoro valeva un sacco di soldi. Soldi che avrebbero potuto utilizzare per pagare gli interminabili lavori di ristrutturazione della loro casa vittoriana.

"Non c'è niente da pensare. Ho finito."

"Ma tu sai già così tanto di lui. Potresti facilmente scrivere il libro, anche senza dovergli parlare più di tanto." Kat sorseggiò il suo vino. Aveva un retrogusto vellutato. "Non prenderla così sul personale."

"E come faccio? Accetterò solo alle mie condizioni... Quello che avevamo concordato inizialmente." Jace aprì il contratto. "Il contratto non parla di ghost writing."

"Ma tu hai già preparato uno schema. Per te dovrebbe essere facile da scrivere. Cosa importa se non c'è il tuo nome? Forse così è anche meglio." Kat si avvicinò alla finestra e ammirò il panorama. Una leggera coltre di nubi nascondeva il sole, proiettando ombre misteriose sul paesaggio. "Perché non ricavare il meglio da una brutta situazione?"

"Meglio in che modo? In modo da compromettermi?" Tornò verso il tavolo e sorseggiò il suo vino. "Mhmm. Abbastanza buono."

Lei non gli ricordò che non erano stati loro a portare il vino; veniva direttamente dalla cantinetta ben rifornita, omaggio di Batchelor. "Fammi vedere."

Jace le passò il contratto.

"Non ti stai compromettendo. Stai portando a termine un compito, come tutto quello che fai per il *Sentinel*. Hai la possibilità di scegliere quello che devi scrivere per il giornale?"

Lui sospirò. "No, direi di no."

"Questa è la stessa cosa. Stai scrivendo un pezzo di vanagloria per rendere felice Batchelor e per questo sei pagato molto bene. Hai firmato un contratto ma lui non può costringerti a scrivere qualcosa che tu non vuoi. Nel caso questo succedesse, puoi discutere l'argomento specifico in quel momento. Secondo me non ci sarà molto, a parte qualche esagerazione."

Jace aggrottò la fronte.

"Oltretutto," aggiunse Kat, "siamo bloccati qui fino a domenica. Non possiamo andarcene per conto nostro."

"Indubbiamente fa parte del suo piano," borbottò Jace.

Ma si era calmato. Il vino stava funzionando.

Kat lesse attentamente il contratto. Era chiaro nella scrittura contrattuale che il nome di Jace non sarebbe apparso sulla copertina del libro. Tuttavia, quella clausola era nascosta vicino al fondo di pagina otto, quindi non era evidente. Kat non aveva intenzione di farglielo notare e farlo arrabbiare ulteriormente.

"Forse hai ragione tu." Jace fece una pausa. "Immagino di non sapere nemmeno se ci sarà qualcosa su cui potrei obiettare finché non ci arrivo. Posso posticipare casomai arrivasse quel momento. È un po' presto per presumere il peggio. Ho solo la sensazione che lui mi abbia imbrogliato con il linguaggio contrattuale."

"Scommetto che i suoi avvocati gli fanno inserire clausole come questa dappertutto. Dopo tutto è un miliardario." Kat non evidenziò il fatto che Jace avrebbe potuto evitare la confusione se avesse letto attentamente il contratto prima del viaggio.

"Comunque non credo che sarà obiettivo. Non scriverà niente di male su di sé."

"Il fatto di essere un ghost writer è una benedizione. Non ti devi preoccupare del contenuto dato che non apparirà il tuo nome nel libro. So che non è la situazione ideale ma perché non provarci? Puoi lasciare in qualunque momento se ti senti compromesso o a disagio. Ma non dare per scontato il peggio. Non ancora, comunque." Indipendentemente dal fatto che Jace decidesse o no di collaborare con Batchelor, il loro aereo non sarebbe tornato fino a domenica pomeriggio. E loro avevano bisogno di essere accompagnati giù dalla montagna per andarlo a prendere all'aeroporto di Sinclair Junction.

"Credo che tu abbia ragione." Jace appoggiò il bicchiere sulla cappa e aggiunse alcuni ceppi al fuoco.

"Il fatto che Batchelor abbia scelto te è comunque un atto di rispetto. Ha i soldi per assumere chiunque desideri." Peccato che avesse danneggiato l'opinione di Jace verso quello che una volta era il suo idolo.

"Immagino di sì." Jace si avvicinò a lei davanti alla finestra. "Almeno tu ti stai divertendo."

"Non sarebbe possibile il contrario! Guarda questo posto." Il loro lussuoso cottage sarebbe costato migliaia di dollari a notte in un resort di montagna. La grande capanna di tronchi con il terrazzo era più ampia della loro casa e i pavimenti di ardesia e gli spessi tappeti erano molto più ricchi. La spettacolare vista dal lato della montagna le toglieva il fiato.

Kat aprì la porta scorrevole e uscì all'aperto. In meno di un'ora la neve aveva imbiancato le rocce e le aveva trasformate in grandi colline tondeggianti. Le nuvole erano basse sulla valle, e le conferivano un aspetto mistico e misterioso. Era tutto immobile e silenzioso. Gli uccelli ormai nascosti nei loro nidi mentre la nevicata intensificava.

Lei rabbrividì e ritornò all'interno. "Abbiamo ancora qualche ora prima di cena. Andiamo a fare una passeggiata nella neve. Così puoi staccare la spina."

"Prima le cose importanti," Jace tirò Kat sul letto. "Rilassiamoci qui, invece."

Non era proprio quello che lei aveva in mente ma era decisamente più caldo dentro e aveva la sensazione che il calore sarebbe aumentato ulteriormente. "Non è rilassante? Potrei guardare la neve che cade per ore."

Kat si accoccolò vicino al petto di Jace. Lo scenario offriva un bel contrasto con la piovosa Vancouver. Il paesaggio invernale la metteva nello spirito natalizio. E la cosa migliore era che si poteva godere stando comodi sul letto matrimoniale. I fiocchi di neve erano diventati più grandi e la vista verso la vallata si era oscurata. Forse, dopo tutto, starsene in casa non era così male. Peccato per il contratto del libro di Jace, ma forse sarebbe andato tutto per il meglio.

Jace all'improvviso scattò seduto. "Aspetta, quello non è Ranger?" Indicò verso la finestra della cucina. "Cosa sta facendo là fuori?"

Forse il loro cottage non era così isolato come Kat aveva pensato in un primo momento. A una decina di metri, proprio dietro la siepe di alberi, videro la grande sagoma di Ranger e quella di un altro uomo, più piccolo. Erano in piedi vicino a una motoslitta su quella che sembrava essere una strada di accesso, probabilmente una parte di quella che avevano percorso quando erano arrivati.

"Sembra che stiano discutendo di qualcosa," disse Kat. L'uomo più piccolo gesticolava in modo rabbioso mentre saliva sulla motoslitta.

Jace si avvicinò alla finestra per vedere meglio. Kat lo seguì. Erano in una posizione vantaggiosa e potevano osservare senza essere visti. Non potevano sentire niente della conversazione ma era evidente che Ranger stava ordinando all'estraneo di fare qualcosa. Ma non stava andando per il meglio. L'uomo scese dalla motoslitta e pestò i piedi davanti a Ranger nella neve. Gesticolava selvaggiamente e gridava verso Ranger.

Ranger afferrò le braccia dell'uomo e le tirò verso il basso. Spinse l'uomo indietro.

Lo sconosciuto barcollò prima di fare un passo avanti per restare in equilibrio. Ranger lo spinse di nuovo e lui cadde all'indietro nella neve vicino alla motoslitta.

La motoslitta aveva attaccato un piccolo rimorchio. Entrambi erano carichi all'inverosimile di scatole di cartone. Le scatole avevano una scritta grande in rosso ma era troppo lontano per essere leggibile.

L'uomo si tirò su, un braccio sulle scatole. Disse qualcosa a Ranger ma questa volta sembrò più sottomesso.

Ranger gettò in alto le braccia e si precipitò verso lo chalet. Dopo pochi minuti ritornò con una seconda motoslitta. I due uomini se ne andarono sui loro veicoli, Ranger davanti. Lasciarono una scia di neve alle loro spalle.

Kat ora ripensò a un'escursione con Ranger sulla motoslitta. I suoi sbalzi d'umore non lo rendevano esattamente una buona compagnia.

"Jace?"

"Mhmm?"

"Non è ironico che il nostro amico ambientalista abbia un enorme chalet che consuma tantissima energia? E tutti questi veicoli? Quanti sostenitori dell'ambiente hanno il loro aereo privato?"

"Non hai tutti i torti."

"Prova a chiederglielo."

Jace sbuffò. "Non posso farlo."

"Perché? Il fatto che fai da ghost writer non vuol dire che sei imbavagliato. Perché non provocare l'argomento?"

Jace lanciò uno sguardo dubbioso.

"Verifica dei fatti," disse Kat. "Deve occuparsene nel suo libro o lo faranno altri per lui. Ecco come puoi convincerlo a dirti la verità. Anche se non ci sarà il tuo nome sul libro, puoi sempre essere orgoglioso di come è scritto."

"Immagino di poterlo chiedere. Alla peggio potrebbe scacciarmi. E per farlo, dovrebbe riaccompagnarci a casa con l'aereo." Sorrise. "Che è esattamente quello che voglio in ogni caso."

"Cerca di chiederlo cortesemente." Lo abbracciò. "Voglio godermi un po' questo posto prima di sprecare l'accoglienza ricevuta."

"Cercherò, ma non posso garantire niente se devo compromettere i miei valori. Meglio che ti diverta ora prima che sia troppo tardi."

Era proprio quello che lei aveva intenzione di fare.

CAPITOLO 3

L'alba di sabato mattina era limpida e luminosa. Lo stomaco di Kat borbottava ma al pensiero di fare colazione allo chalet con Batchelor non riusciva a rilassarsi. Jace aveva rimuginato sull'inganno del contratto di Batchelor tutta la notte e lei era un po' preoccupata che lui potesse perdere il controllo.

Doveva semplicemente riuscire a collaborare con Batchelor per un fine settimana per guadagnarsi un bel gruzzolo da centomila dollari. Ovviamente non era proprio così semplice. I due uomini avrebbero terminato la prima bozza in quel fine settimana. Jace avrebbe rivisto e sistemato il testo in una versione finale nei mesi a venire. Doveva solo riuscire a controllarsi per il fine settimana.

Jace aveva contato non solo sull'ottimo pagamento ma anche sul riconoscimento del nome e sull'esposizione che gli avrebbe dato il fatto di essere indicato come autore. Questo era il punto cruciale. Come ghost writer, sulla copertina del libro sarebbe apparso solo il nome di Batchelor. Il contributo di Jace sarebbe rimasto anonimo.

Anche se lei non biasimava Jace per sentirsi ingannato riguardo la biografia, il contratto era firmato e sfortunatamente lui non aveva letto la frase scritta in piccolo. Un contratto era un contratto e lui doveva tenere fede al suo impegno. Doveva sopportare Batchelor solo per un giorno, poi sarebbero ritornati a Vancouver la sera successiva.

Batchelor era già seduto in sala da pranzo quando Kat e Jace arrivarono allo chalet per la colazione. Il padrone di casa fece un cenno di saluto continuando a parlare in un auricolare. Come la maggior parte dei magnati, lavorava continuamente. Le preoccupazioni di Kat riguardo un certo imbarazzo erano inutili. Batchelor almeno, non mostrava alcuna animosità.

Kat lanciò un'occhiata a Jace, che rimase con un'espressione neutra. Le sue emozioni erano sotto controllo ma a malapena. L'atteggiamento calmo di qualche momento prima era svanito e la tensione covava appena sotto la superficie. Era perché lei lo conosceva così bene o se ne poteva accorgere anche Batchelor? Quanto ci avrebbe messo Jace a scoppiare? Avrebbe avuto un bell'impegno a cercare di mantenersi calmo lavorando con Dennis tutto il giorno.

Dennis Batchelor aveva già finito di mangiare o aveva deciso di non farlo. Davanti a lui c'era un bicchiere di acqua ghiacciata e una pila di cartellette. Finì la sua chiamata e buttò giù il bicchiere d'acqua prima di girarsi verso di loro. Evitò studiatamente il contatto visivo con Jace ma sorrise a Kat. "Buongiorno."

"Giorno," rispose lei. La tensione nascosta era quanto meno imbarazzante. Evidentemente Dennis aveva colto l'umore di Jace, dopo tutto. Sistemazione lussuosa o no, si stava delineando un weekend davvero lungo.

Crebbe un silenzio di disagio mentre lei si sedeva a tavola di fronte a Jace. Dennis si alzò e si diresse al frigorifero. I suoi tacchi risuonavano sul pavimento di marmo, evidenziando la mancanza di conversazione. Appoggiò il bicchiere sotto l'erogatore del ghiaccio e si sentì un tintinnio mentre i cubetti cadevano nel bicchiere. Tornò a sedersi e girò il tappo di una bottiglia d'acqua, tutto senza dire una parola.

Il silenzio era insopportabile. Kat osservò la stanza cercando di pensare a un argomento per avviare la conversazione.

Fu sorpresa di vedere acqua in bottiglia vicino a ogni coperto. "Non avete acqua di rubinetto?"

"No, da quando la condotta dell'acqua si è rotta, ieri. È a causa del freddo che abbiamo avuto ultimamente. Questa è una soluzione temporanea finché sono terminate le riparazioni."

Kat aprì una bottiglia e riempì il bicchiere. L'acqua in bottiglia sembrava proprio fuori luogo dato che erano circondati da ghiacciai e neve, le stesse immagini che comparivano sulla bottiglia come stratagemmi di marketing. Guardò fuori dalla finestra verso i cumuli di neve alti un metro che circondavano lo chalet. Abbondanza di acqua fresca. Sciogliere la neve non era certo un sistema efficiente, ma portare l'acqua in bottiglia con un camion o con l'aereo non doveva comunque essere facile.

Batchelor doveva aver immaginato i suoi pensieri. "La nostra acqua di rubinetto viene da un lago formato da un ghiacciaio. È un peccato che non la possiate assaggiare."

"La assaggerò in città."

Lui scosse la testa. "Non si può. La condotta che si è rotta è al bacino idrico non qui allo chalet. Mi dispiace ma in questo momento l'acqua non c'è da nessuna parte."

"Immagino che non possa essere riparata durante l'inverno." C'era troppo freddo e con l'autostrada chiusa probabilmente sarebbe stato difficile trovare una ditta disposta a recarsi in quell'area remota in quella stagione.

Batchelor non rispose.

Lo chef preparò uova cotte sul momento mentre loro riempivano i piatti da un ricchissimo buffet. C'era un assortimento di formaggi, pane e anche salmone fresco. C'era talmente tanta roba da mangiare che Kat si chiese se ci fossero altri ospiti. Sperava di sì, dato che i suoi commensali non erano molto loquaci.

Kat cambiò argomento. "Penso che andrò a fare una passeggiata oggi. Ci sono dei bei percorsi nei dintorni?" Mentre Jace e

Dennis lavoravano tutto il giorno, lei avrebbe cercato di trarre il meglio da quella visita. Rimasti da soli, i due uomini sarebbero stati costretti a parlarsi.

"A dire il vero, no. Non c'è molto da fare qui intorno ma Ranger ti può accompagnare al villaggio, se vuoi."

"Sarebbe fantastico." Kat si illuminò al pensiero di tornare in quella piccola cittadina, con i negozietti pittoreschi e i caffè lungo la strada principale. Forse c'era anche un negozio di escursionismo. Avrebbe girato per i negozi per una o due ore e terminato con una passeggiata fuori dalla città. Il riferimento di Batchelor a un villaggio la sorprese, dato che Sinclair Junction sembrava avere almeno qualche migliaio di abitanti.

"Ranger ti dovrà accompagnare con la motoslitta ora che l'autostrada è chiusa per la nevicata della notte scorsa."

Ancora meglio. Non era mai stata prima su una motoslitta.

Come per magia Ranger apparve sulla soglia. Senza dubbio aveva origliato la loro conversazione, cosa che la innervosì. Non riusciva a farsi un'idea di quell'uomo dopo aver assistito al suo litigio con lo sconosciuto il giorno prima.

"Non sapevo che ci fosse un'altra strada per arrivare qui."

"Veramente è solo un sentiero. Non dipendiamo dall'autostrada, soprattutto d'inverno quando spesso è chiusa a causa di valanghe e frane. Qualche volta rimane chiusa per giorni o anche settimane. Quando la strada è aperta durante l'inverno, con neve e ghiaccio, è comunque rischiosa. Per questo vi abbiamo fatti venire in volo. Anche in estate il viaggio richiede almeno nove ore in auto."

"Pensavo che Sinclair Junction fosse più grande. Mi è sembrata quasi una città."

"Non sto parlando di Sinclair Junction. Qui vicino c'è un villaggio che si chiama Paradise Peaks, è lì che porta il sentiero."

"Non ho visto nessun villaggio arrivando qui." Kat non aveva notato indicazioni di un centro abitato. A parte, ovviamente, i manifestanti.

"Il villaggio è dalla parte opposta rispetto alla strada dalla quale siete arrivati. Non è un granché ma c'è un piccolo supermercato. È a pochi chilometri da qui."

Il suo cuore sprofondò all'idea che non avrebbe avuto la possibilità di esplorare quella cittadina storica. E nemmeno di fare shopping. "È così vicino? Potrei andarci a piedi." Era ansiosa di respirare l'aria pulita di montagna e fare un po' di movimento.

"Non si può camminare. Non c'è una strada e la neve è troppo alta. Si deve percorrere un sentiero nell'entroterra con la moto-slitta. Non lo troveresti mai da sola."

"Benissimo, Dennis. Accetterò la tua offerta." Lanciò un'occhiata storta a Jace, che faceva finta di essere interessato a una rivista mentre mangiava. Lei cercò di essere flessibile, anche se non era esattamente quello che si era aspettata.

"Penso che ti piacerà il villaggio. Il grande magazzino è in funzione dalla fine dell'ottocento," disse Dennis. "C'è tutto quello che si può immaginare, dalla ferramenta all'attrezzatura da caccia al miele. La gente arriva qui da chilometri di distanza."

"Questo posto sembra davvero isolato, come se non ci fosse nessuno intorno. Dove si nascondono tutti?" Sperava che la popolazione del villaggio comprendesse qualcun altro oltre ai manifestanti.

"È ingannevole. Ci sono centinaia di persone nel giro di pochi chilometri, ma sono sparsi in diversi poderi e fattorie. Invisibili ma comunque vicini."

Kat si chiese come facevano tutte quelle persone nascoste a guadagnarsi da vivere. I pettegolezzi dicevano che tra le colline c'erano un buon numero di coltivatori illegali di marijuana. Lei non era a conoscenza di nessun'altra attività nei dintorni. Le miniere avevano portato buoni affari ma a metà del secolo scorso si erano esaurite. Magari l'erba le aveva sostituite. Decise di non chiedere nulla riguardo le piantagioni di cui si parlava e di proseguire con le chiacchiere. "Capisco perché ti piace stare qui. È talmente silenzioso e tranquillo."

"A noi piace così," disse Dennis. "La maggior parte delle persone vengono qui per sfuggire alla vita frenetica."

"Pronta?" Ranger sorrise a Kat.

Lei fece un sorriso falso. "Prendo la giacca e le mie cose."

"Bene, ci vediamo fuori tra dieci minuti."

Kat salutò gli uomini, felice di sfuggire a quel silenzio imbarazzante.

Pochi minuti dopo, Kat sedeva dietro a Ranger sulla motoslitta. Scivolavano attraverso la neve fresca e polverosa, con la luce del sole che faceva scintillare i fiocchi che si sollevavano al passaggio della motoslitta. Il rumore del motore impediva la conversazione, cosa che a Kat faceva piacere. Poté ammirare lo scenario invernale durante il viaggio.

Il percorso li portò ad attraversare un altipiano che sembrava procedere per chilometri. La neve copriva gli alberi allineati da un lato mentre dall'altro, a circa un chilometro, picchi rocciosi scendevano all'improvviso. Lo traversarono sul limitare della foresta che, alla fine, li circondò completamente facendo sparire alla vista le rocce scoscese.

Dopo un'ora circa di quel viaggio si fermarono all'improvviso. Alberi caduti di traverso sul sentiero, diversi metri più avanti, impedivano di proseguire. Ranger spense il motore e si girò verso di lei.

"Ho rischiato di non vederli in tempo. L'hanno fatto di nuovo." Scese dalla motoslitta e si diresse verso gli alberi caduti. Cercò di spostarne uno imprecando sottovoce. Quello non si mosse di un millimetro.

"Chi è stato?" Chiese Kat.

"Gli attivisti non amano che si passi di qui. Non che abbiano diritto di dire qualcosa. Questo terreno è pubblico e non hanno diritto di bloccare il passaggio."

"Perché protestano? Stesso motivo degli altri?"

Ranger ignorò la sua domanda. "Ti dovrò riportare indietro. Prenderemo il furgone per andare in città."

"Di certo c'è un sacco di gente arrabbiata qui intorno. È qualcosa nell'aria?" I commenti di Ranger scacciarono l'immagine che si era fatta di hippy rilassati che coltivavano l'erba.

"Qualcosa del genere." Girò la motoslitta e si diressero nuovamente verso lo chalet. Ben presto raggiunsero il confine della proprietà di Batchelor. Ranger scese dalla motoslitta e aprì il cancello.

Kat per un momento fu tentata di controllare cosa facessero Jace e Dennis ma decise che era meglio di no. Oltretutto, si stava godendo l'aria fresca del mattino invernale e sarebbe stato un peccato non dare un'occhiata intorno. "Magari semplicemente passeggerò qui intorno, per respirare un po' di aria fresca."

"Come vuoi. Solo non uscire dalla proprietà." Indicò una leggera discesa che portava lontano dalle montagne e in direzione dei manifestanti. "Vedi il limite di quello spiazzo?" Kat annuì. Gli alberi erano più radi e la luce ci passava attraverso.

"C'è un sentiero, là. Se lo segui arrivi alla strada. Invece di seguire la strada, attraversalo e continua lungo il sentiero. È un percorso circolare che alla fine ritorna allo spiazzo. C'è un laghetto carino all'altra estremità."

"Ok." Perché Ranger o Dennis non avevano parlato prima di quel sentiero? Dopotutto, all'inizio lei voleva andare a fare una passeggiata.

"Ci ritroveremo qui e ti accompagnerò indietro." Ranger guardò dietro di lei, verso un rumore di motoslitte che si avvicinavano. "In questo momento devo occuparmi di alcune cose."

"Va bene. Sarò di ritorno tra…"

"Facciamo un'ora." Ranger si girò all'improvviso e riavvio il motore. Sparì in direzione degli altri veicoli senza dire altro.

I rumori delle motoslitte svanirono lontano mentre Kat si metteva in cammino. La neve rifletteva la luce brillante del sole e il silenzio era completo, a parte il rumore dei suoi passi. La neve era fresca, leggera e farinosa grazie alla nevicata della notte precedente. Le sue impronte erano l'unica interruzione alla distesa bianca, altrimenti perfetta.

Raggiunse l'inizio del sentiero dopo dieci minuti. L'intreccio degli alberi l'aveva protetto dalla neve e in quel punto era più facile seguirlo rispetto a quello che avevano percorso con la motoslitta. Cinque minuti dopo attraverso gli alberi vide la strada e raggiunse il lago in altri cinque minuti. Molto deludente. Evidentemente Ranger aveva sottostimato la lunghezza del percorso, il livello di allenamento di Kat o entrambi.

E ora? Mancavano ancora quarantacinque minuti al ritorno di Ranger... Un sacco di tempo da far passare. Completò il percorso e lo ripeté, notando cumuli di neve intorno agli alberi. Le tracce di conigli e altri piccoli animali correvano parallele al sentiero. Qualunque posto con piccole prede probabilmente aveva anche dei predatori. Chissà quali specie abitavano l'altipiano montano? Lupi o forse linci? La stavano osservando in quel momento?

Le vennero i brividi pensando al fatto che i predatori sono silenziosi per istinto. La continuazione della specie dipende da quello. Se c'erano predatori nei dintorni, erano rimasti invisibili.

Kat ora era intensamente conscia del silenzio. Non si sentivano uccelli cantare, dato che il clima in quella zona era troppo freddo per la maggior parte dei volatili. Ma non aveva visto nemmeno falchi o altro. Si rilassò un poco pensando che tutti gli uccelli tranne i predatori erano probabilmente migrati a sud per l'inverno. Gli irriducibili probabilmente si sarebbero riuniti ad altezze più basse dove la temperatura era più alta. Le forti nevicate riducevano drammaticamente le fonti di cibo sia per i predatori che per le prede. Gli animali della zona andavano in letargo o trascorrevano la maggior parte del tempo nascosti nelle loro tane.

Il razionalizzare la situazione non rese il silenzio meno misterioso. Tornò indietro e ripeté il sentiero diverse altre volte. L'unica vista interessante era il lago, anche se in inverno non c'era molto da vedere. Era completamente ghiacciato, circondato da colline innevate. Né uccelli o fiori spontanei, solo la foresta silenziosa.

Ritornò al punto di partenza. Ormai doveva essere trascorsa un'ora. Ma non c'era nessun segno di Ranger.

Nessun rumore di motoslitte in avvicinamento. Nonostante il silenzio, aveva la sensazione inquietante che qualcosa, o qualcuno, l'osservasse. Si ricordò il commento di Dennis che nei dintorni vivevano centinaia di persone. Dove si nascondevano tutti?

Fece un salto sentendo un rumore improvviso nel sottobosco lì vicino. Probabilmente era solo un cervo.

Forse era un pochino paranoica. Ranger non l'avrebbe indirizzata lì se fosse stato un posto pericoloso. Non correva alcun rischio nell'esplorare ancora mentre aspettava, doveva solo stare attenta a non perdere l'orientamento. Aveva ancora una decina di minuti prima di doversi recare all'appuntamento.

Notò un altro sentiero che saliva poco vicino e desiderò averlo notato prima. Il fatto che Ranger avesse dato per scontato che non ne fosse all'altezza la infastidì. Un pendio ripido era proprio quello di cui aveva bisogno: un po' di esercizio cardiovascolare e un possibile punto panoramico.

Arrancò sulla collina, notando che il sentiero aveva al massimo un'inclinazione del dieci percento. La salita ripida comunque era un punto a favore, dato che la posizione elevata all'arrivo avrebbe consentito una buona visuale del luogo di ritrovo. Avrebbe potuto facilmente correre giù se avesse visto Ranger.

I suoi scarponcini non erano pensati per neve e ghiaccio e Kat scivolò alcune volte cercando di guadagnare la collina ghiacciata. Le si infilò la neve nelle scarpe e rimpianse di non aver portato delle ghette per mantenere asciutte le caviglie. Non si era equipaggiata adeguatamente quando si era preparata per l'uscita. Ma dopotutto si aspettava di esplorare una città, non di arrampicarsi su una montagna. Non aveva molta importanza, dato che non correva il rischio di congelare. Sarebbe stata di ritorno allo chalet a scaldarsi davanti al fuoco in meno di un'ora.

Percorse con fatica l'ultimo tratto di declivio, sudando all'interno del giaccone pesante. Ranger era folle a pensare che le ci sarebbe voluta un'ora sul percorso che le aveva indicato.

Lasciò il sentiero ed emerse sull'altipiano proprio nel momento in cui si sentì uno sparo. Gelò dalla paura. Ranger non aveva parlato di caccia nei dintorni e lei non aveva visto tracce di cervi o altra cacciagione. Che motivo poteva esserci per uno sparo in una zona così isolata?

Era poco probabile che il suo ospite l'avesse lasciata in mezzo a un territorio di caccia, ma lei aveva deviato dal percorso indicato. Era a quasi un chilometro di distanza da dove dovevano vedersi. Non avrebbe dovuto seguire quel sentiero. La sua giacca si confondeva con l'ambiente circostante. E se il cacciatore vedendola muovere l'avesse scambiata per selvaggina?

Restò immobile, indecisa sul da farsi. L'istinto le diceva di ritornare al sentiero per nascondersi ma non era sicura di quale fosse la direzione da cui era arrivato lo sparo. Doveva allontanarsi da chi aveva sparato ma qualunque movimento improvviso avrebbe potuto far reagire il dito che il cacciatore teneva sul grilletto.

Doveva lasciar perdere Ranger e tornare semplicemente allo chalet da sola? Decise di aspettare ancora un po', sperando che il suo accompagnatore avesse sentito lo sparo e ritornasse rapidamente. E comunque, dove diavolo era? Secondo il suo orologio, era già dieci minuti in ritardo.

Alle sue spalle si spezzò un ramo.

"Non muoverti o sparo." La donna spinse il fucile nella schiena di Kat.

CAPITOLO 4

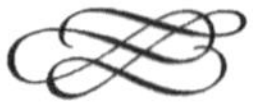

*L*a voce della donna era delicata ma decisa. "Tieni le mani in alto, dove posso vederle."

Una rapina a mano armata era l'ultima cosa che Kat si aspettava in quel posto.

Kat alzò lentamente le braccia. "Non sparare. Me ne vado subito."

"Tu fai quello che dico io. Ora girati. Lentamente."

Kat ubbidì e si trovò la canna del fucile a pochi centimetri dal petto. Con gli occhi percorse l'arma e incontrò gli occhi azzurro acciaio di una donna dai capelli grigi e dall'aspetto molto sportivo. Era più bassa di Kat ma, considerato il fucile, non era il caso di sfidarla.

La donna si sistemò sui suoi sci fuori pista e fulminò Kat con un'occhiata.

Lei riconobbe Elke, la donna che avevano incontrato al blocco stradale. "Non avevo intenzione di…"

"Parlo io." Tenne il fucile puntato contro Kat. "Dimmi chi sei e perché sei qui."

"Sono ospite di Dennis Batchelor. Penso che ci siamo incontrate al blocco…"

"Mani in alto, ho detto."

Kat obbedì. "Penso di essere ancora sulla sua terra." Non aveva superato una staccionata o un altro segnale di confine che le potesse far pensare il contrario. Forse non c'erano segnali che delimitavano le proprietà. In ogni caso, mostrare sicurezza poteva allentare la tensione. Dove diavolo era Ranger quando c'era bisogno di lui?

"Questo è ancora da definire." Il fucile di Elke era sproporzionato rispetto alla sua figura minuta. Così come il suo zaino enorme. Una pala estensibile vi era attaccata con corde elastiche e un paio di racchette da sci giacevano nella neve ai suoi piedi. Sembrava pronta ad agire.

"D'accordo, ho sbagliato." Ranger non le aveva indicato esattamente dov'era il confine della proprietà. Si pentì di aver deviato dal percorso iniziale.

"Hai detto bene." Elke piegò la testa in direzione dello chalet. "Ora girati e sparisci."

"Prima abbassa il fucile." Se il peso che portava Elke le avesse fatto perdere l'equilibrio, avrebbe potuto tirare accidentalmente il grilletto.

Elke sbuffò. "Perché dovrei?"

"Senti, mi dispiace se ti ho spaventata. I tuoi dissapori con Dennis Batchelor non mi riguardano e vorrei che continuasse a essere così. Me ne andrò immediatamente se abbassi fucile. Non ho intenzione di girare la schiena con quella cosa puntata." Non voleva far agitare Elke ma il dito sul grilletto la preoccupava.

Elke non si mosse. "Fai anche tu parte del piano? Cacciarci via così Batchelor ne può approfittare?"

"Non so assolutamente di cosa stai parlando. Sono qui solo per il fine settimana mentre il mio ragazzo lavora a un progetto con Dennis." Avrebbe dovuto andarsene quando ne aveva la possibilità. "Ora è meglio che vada."

"Aspetta un attimo… Che genere di lavoro?" Elke la guardò

strizzando gli occhi.

"È un giornalista," disse. "Sta scrivendo la biografia di Dennis." Fucile o no, non erano affari di Elke. Si pentì di averle dato i dettagli.

"Un sacco di bugie, senza dubbio. Se è quello che davvero sta facendo il tuo ragazzo." Ma lentamente Elke abbassò il fucile. Ora puntava ai piedi di Kat.

"Certo che è così." Il cuore di Kat accelerò. Rischiava di far arrabbiare ulteriormente Elke, non dire niente avrebbe potuto essere peggio. Le cose potevano peggiorare molto rapidamente con una pazzoide armata di fucile in mezzo al nulla. "Perché sarebbe qui altrimenti?"

"A fare il galoppino. Siete marci come Batchelor." Elke spostò leggermente il peso. "Per quelli come voi si tratta solo di soldi."

"Come noi chi?" Kat si risentì di essere messa nel mucchio insieme a Batchelor. Tornò a concentrarsi sul fucile. C'era la sicura? Avrebbe potuto sparare? "Per l'ultima volta, per favore puoi smetterla di puntarmi quel fucile?"

Questa volta Elke ubbidì e lasciò cadere il fucile al suo fianco. "Come fa Batchelor a definirsi un ambientalista? Lascia che inquinino la nostra acqua potabile e tutto nel nome del profitto?"

"Come fa a essere colpa sua la rottura di una condotta?" Perché Elke dava a lui la colpa per il problema al bacino idrico?

"È quello che vi ha detto?" Elke scosse la testa. "Spero che non la stiate bevendo."

"Beviamo acqua in bottiglia. Almeno temporaneamente, finché il problema sarà risolto."

"Non ci contare. Quell'acqua è contaminata da tre anni, da quando il bacino di decantazione ha superato gli argini e contaminato l'acqua. La miniera non lo sistemerà. Anzi, non faranno proprio niente ora che è stata chiusa." Fece il segno delle virgolette con le dita. "Dicono che è anti-economica."

L'accusa di Elke era ben diversa dalla versione di Batchelor. Tre anni era un periodo molto lungo per non poter bere l'acqua del rubinetto. "Dennis mi ha detto della miniera ma ha detto che il bacino di decantazione è stato riparato."

"Certo che lo dice." La schernì Elke. "La società ha fatto una mezza riparazione alla cazzo alla rottura del muro. Tecnicamente l'hanno riparato ma non l'hanno fatto in tempo per evitare di avvelenare la nostra acqua."

"Non può essere bonificata?" Le vie d'acqua e il terreno circostanti dovevano essere purificati e risanati dopo un incidente ambientale. Era la legge.

Elke scosse la testa. "Ci vogliono anni. La natura deve fare il suo corso. Con il tempo le sostanze inquinanti si dissolvono. Nel frattempo noi non possiamo bere l'acqua o far crescere le piante."

Piante che potevano includere la marijuana. E questo spiegava il fucile di Elke.

"Ora mi ricordo di aver sentito dell'incidente. Se ne parlò in tutti i notiziari quando successe. Devo essermene dimenticata quando non se ne è più parlato."

"L'hanno fatto tutti. I politici hanno fatto le loro promesse e la società si è detta d'accordo alla riparazione finché ci sono state le telecamere. Nel frattempo il nostro bestiame veniva avvelenato e le nostre piantagioni morivano. La gente si è ammalata."

"Ma si è trattato di alcuni anni fa. Sei sicura che sia l'acqua?" Il Canada non era esattamente un paese in via di sviluppo. C'erano leggi per far sì che le società ammettessero le loro responsabilità. "La miniera non avrebbe potuto funzionare senza che fosse stato riparato il bacino di decantazione."

"Beh, capisci in fretta." Elke strizzò gli occhi. "La miniera non è in funzione. Dicono che il prezzo dell'oro è troppo basso e che sono falliti. La verità è che hanno fatto un patto con il governo per un certificato di buona salute se avessero lasciato la miniera nel dimenticatoio. Se ne potevano andare e non sarebbero stati perseguiti. E a noi che cosa rimane?"

"Non potete portare la società in tribunale?" L'estrazione dei minerali comportava l'utilizzo di diversi prodotti chimici tra cui il cianuro. L'obiettivo dei bacini di decantazione era di evitare lo spargimento di sostanze contaminanti. Se la società aveva lasciato il bacino non riparato, era perseguibile per danni.

Elke scosse la testa. "La Regal Gold è di proprietà di una società cinese. Legalmente sono intoccabili. Questo è uno dei motivi per cui hanno abbandonato la miniera. L'altro motivo sono i prezzi crollati. Il prezzo dell'oro avrebbe dovuto raddoppiare rispetto all'attuale perché la miniera andasse in pari. I proprietari non hanno incentivi a farla funzionare, figuriamoci spendere dei soldi per ripararla. Così semplicemente se ne sono andati, hanno abbandonato il loro investimento."

"Capisco." Assolutamente niente a che vedere con Batchelor.

"Davvero? Batchelor vi ha raccontato del suo progetto di cacciarci via tutti? Lui pensa di poter avere la meglio su di noi avvelenandoci l'acqua, portandoci via il lavoro."

Di nuovo con Batchelor. Il farneticamento di Elke comprendeva tutto quanto, incolpava chiunque.

"Aspetta un attimo," disse Kat. "Batchelor non ha avvelenato l'acqua. Nemmeno lui può berla adesso."

"Lui si può permettere di portare l'acqua potabile con il camion. Noi no."

"L'acqua comporta un gran disagio anche per lui. Anche se quello che dici fosse vero, lui non fa funzionare la miniera. Accusa la miniera di non aver riparato le cose."

"C'è dentro anche lui."

"Perché ci sarebbe dentro? Hai le prove?" Batchelor non aveva motivi di mentire riguardo l'acqua.

"Non direttamente," disse Elke. "Lui sa come coprire le tracce. So di cosa sto parlando."

Kat ne dubitava seriamente. "Hai contattato il governo? Hanno delle norme per assicurare che le società seguano le regole."

"Sono tutti implicati. Si proteggono uno con l'altro." Elke spostò il peso. Il fucile, che era appoggiato alla gamba, cadde in terra.

Kat fece un salto.

Elke si chinò per riprendere il fucile. "Noi gente normale restiamo sempre fregati."

"Beh, probabilmente io dovrei tornare allo chalet." Al diavolo Ranger, dovunque fosse. Si sarebbe messa a correre non appena si fosse trovata oltre la linea di tiro da questa squilibrata teorica della cospirazione.

"Se fossi in te, me ne starei ben lontano da quell'uomo. Come si dice, associazione a delinquere?"

Kat annuì. "Ma qual è esattamente la colpa di Batchelor in tutto questo? Ne subisce le conseguenze, come voi."

"Si definisce un ambientalista e comunque non dice niente riguardo l'acqua contaminata nel suo stesso cortile. Tutto quello che doveva fare era informare i media che il bacino non è mai stato riparato correttamente. Avrebbe potuto ottenere l'attenzione delle persone giuste e risolvere la situazione. Perché non l'ha fatto?"

Kat alzò le spalle. Elke non aveva tutti i torti. Batchelor aveva costruito il suo chalet diversi anni prima, prima dell'incidente. Ora il suo rifugio era compromesso da acqua non potabile. "Tu pensi che lui in qualche modo sia coinvolto con la miniera?"

"Tutto quello che so è che lui ha il potere per ottenere qualcosa ma non fa niente. Secondo me è piuttosto sospetto per un attivista ambientalista."

Kat perlustrò l'orizzonte ma non vide traccia di Ranger o della motoslitta. Aveva di meglio da fare che discutere con un'estranea armata. Cercò di trattenere la lingua, anche se era una bella forzatura incolpare Batchelor. Era un problema locale, lei non c'entrava, si ricordò. "Devo proprio andare."

Elke le bloccò la strada. "Possono zittire i media e anche il governo."

"Il governo no." Kat non era sicura di chi fosse il soggetto. "Ci sono delle leggi per questo genere di situazione. Nessuno è al di sopra della legge."

"Sei ingenua."

"No. È facile valutare la contaminazione. I risultati dei test non mentono e se sono stati fatti, qualcuno deve riferirli." Quella donna era una squilibrata. Una squilibrata con un fucile.

"Possono essere manipolati. Batchelor ha tenuto la bocca chiusa perché ha qualcosa da guadagnare."

Ha tenuto la bocca chiusa perché non c'è un problema reale. Kat non osò dirlo ad alta voce. "Penso che sia possibile."

Elke la fulminò con lo sguardo.

Kat cercò di riportare la questione alla realtà. "Perché non fai tu la denuncia? Cosa ti impedisce di andare alla stampa? Se quello che hai appena detto è vero, porteresti allo scoperto un'enorme cospirazione che coinvolge grandi aziende e il governo."

L'espressione di Elke si scurì. "Potrà sembrarti così, ma finisce sempre male."

Kat guardò l'orologio. Aveva già perso venti minuti su una discussione che veramente non la riguardava. "Ora devo proprio andare." Se fosse tornata sui suoi passi forse si sarebbe imbattuta in Ranger.

Elke era un po' pazza, ma qualcuna delle sue pretese sembrava giusta. Le persone benestanti come Batchelor raramente tolleravano grossi disagi per giorni, figuriamoci per anni. Quanti ambientalisti facevano portare l'acqua in bottiglia col camion o con l'aereo per anni?

Gli ambientalisti cercavano anche di non rifugiarsi nei pressi di una miniera. La Regal Gold Mine era attiva molto tempo prima che Batchelor costruisse il suo chalet. Kat tornò con la mente alle notizie dell'incidente di tre anni prima. Non si ricordò di alcun accenno a Batchelor. Strano, considerata la sua debolezza per la pubblicità.

Elke non aveva tutti i torti nel dire che gli ambientalisti normalmente rifiutavano i disastri ambientali nel loro stesso cortile. Kat lanciò un'occhiata alle spalle della donna. Ranger era in ritardo di più di un'ora ormai e lei non aveva modo di contattare lui o chiunque altro, dato che non c'era campo per il cellulare.

"Chiedi a Batchelor cosa pensa della Regal Gold Mine," disse Elke. "Scommetto che non otterrai una risposta diretta."

"Tu pensi davvero che lui sia in qualche modo coinvolto nella miniera?" Forse in quella storia c'era dell'altro. In quel caso, Jace poteva aver racimolato qualche informazione da aggiungere alla biografia.

"Certo che lo è. Ti ha mentito riguardo al fatto che il sito era bonificato, altrimenti non berrebbe acqua in bottiglia."

"Ma si tratta di una condotta rotta…"

"Questa è una bugia bella e buona. Prima il bacino di decantazione, poi la miniera chiude per evitare di pagare le multe ambientali e i costi del risanamento. La società ha semplicemente abbandonato tutto perché era troppo costoso effettuare le riparazioni. La gente ha perso il lavoro e se ne è andata. I pochi di noi che sono rimasti hanno il diritto di avere acqua pulita. L'unica cosa che si è spezzata sono i nostri sogni."

Si fermarono entrambe al rumore di scarponi nella neve. Le speranze di Kat si infransero quando si rese conto che l'uomo non era Ranger.

"Elke? Immaginavo che fossi qui." L'uomo si avvicinò e si presentò. "Sono Fritz." Tese la mano mentre parlava con un accento pesante. Kat immaginò che fossero marito e moglie.

"Katerina Carter. Mi puoi chiamare Kat." Gli strinse la mano.

Fritz era molto più amichevole di Elke. Aveva anche un effetto calmante sulla moglie e Kat gliene fu grata. "Stavamo semplicemente parlando della Regal Gold Mine."

"Ah," sorrise lui. "Il suo argomento preferito. Ti ha raccontato dell'acqua potabile contaminata?"

Kat annuì.

"Non è solo l'acqua che beviamo noi. Le acque sotterranee nutrono l'erba che mangiano i nostri animali e quindi la passano nel latte e nella carne. I proprietari sono all'estero e se ne disinteressano."

"È terribile," concordò Kat. Era anche un peccato che Dennis

Batchelor non potesse o non volesse sfruttare la sua influenza per sistemare le cose. Decise di chiederglielo direttamente una volta tornata allo chalet.

"Ma l'acqua e la miniera non sono un tuo problema. Devi scusare Elke. Si appassiona molto a questo argomento." Sospirò. "Io sono passato oltre. Non c'è niente che posso fare contro gente così potente. Cosa ti porta qui?"

"Sono in visita mentre il mio ragazzo fa un lavoro per Batchelor."

L'espressione di Fritz si scurì. "Davvero?"

Kat si pentì immediatamente delle parole che aveva scelto, che facevano sembrare Jace un dipendente di Batchelor. "Sta scrivendo la biografia di Batchelor." Tecnicamente era un ghost writer, ma era un'informazione irrilevante per la coppia. "Batchelor ci ha detto che la sua missione era di proteggere questo territorio incontaminato."

"Probabilmente non ha parlato della strada che sta costruendo."

"Quale strada?" Kat tornò con la mente alle foto sul muro di Batchelor. Se quello che diceva Fritz era vero, cosa era successo al paladino dell'ambiente che si era incatenato a un albero? I commenti dell'uomo facevano tornare in mente quelli di Elke. D'altra parte Batchelor non aveva parlato di una strada. Anzi, sembrava decisamente contrario a ogni genere di costruzione.

"Ora basta, Fritz. Lascia stare." Elke afferrò il braccio del marito e lo guidò via proprio mentre si sentiva arrivare sempre più forte il rumore di un motore.

Ranger divenne visibile.

Kat tirò un sospiro di sollievo all'avvicinarsi della motoslitta. Si girò per salutare la coppia ma si erano già allontanati, sciando in direzione opposta.

Si diresse quindi verso Ranger, pensando alla miniera e ai racconti di quei due. Era quasi a metà strada quando un forte scoppio la fece fermare di colpo.

CAPITOLO 5

*L*a fenditura era impossibile da non vedere dal punto di vista vantaggioso di Kat. Un'enorme lastra di neve si era staccata dalla montagna proprio sopra di loro e la parte rimasta sospesa formava una profonda 'V' dove la neve era precipitata all'interno. La sporgenza rimase sospesa per un attimo poi la forza di gravità ebbe la meglio, come in un film al rallentatore.

Poi si scatenò l'inferno.

Un lato cadde e precipitò giù per il pendio, una freccia alla ricerca del bersaglio. Il target era a pochi metri da dove lei e i Kimmel erano fermi meno di un minuto prima.

Una valanga.

La frazione di secondo di silenzio sembrò eterna mentre volti e luoghi, ricordi e immagini del futuro le passarono veloci davanti agli occhi. Perfettamente conscia di quello che sarebbe successo, ma comunque impotente.

Un altro forte scoppio risuonò quando la seconda lastra si staccò dalla montagna. La terra tremò, facendola quasi cadere a terra. La vibrazione era accompagnata da un rombo basso. Il rombo crebbe, coprendo in parte ma non completamente le grida dei Kimmel. Era come se tutta la parte superiore della montagna fosse stata tagliata e lanciata giù per il declivio. La valanga divenne più grande raccogliendo neve durante la sua caduta, ampliandosi mentre precipitava.

Kat corse nella direzione in cui erano andati Elke e Fritz. La frana era sparpagliata per trenta metri e i detriti correvano saltellando lungo il lato della montagna poco più di dieci metri sopra di lei, ma lei era paralizzata dalla paura. Non avrebbe mai potuto essere più veloce di una valanga.

Seguì con gli occhi la traiettoria solo per vedere Elke e Fritz proprio nel punto di arrivo della valanga. Fritz barcollò e cadde mentre cercavano freneticamente di cambiare direzione.

"Aiuto!" Gridò Elke mentre tirava il braccio di Fritz, cercando di rimetterlo in piedi. Era troppo tardi.

La palla di neve guadagnò velocità precipitando in discesa. Si ingrandiva mentre si avvicinava, ormai a pochi metri dalla coppia. L'immagine si ficcò nella coscienza di Kat, la coppia microscopica di fronte all'enorme ondata di neve poco sopra di loro.

Poi furono inghiottiti.

E non c'era niente che potesse fare.

Proprio niente.

Veniva anche verso di lei. Gridò e corse dalla parte opposta.

Gli alberi.

I grossi tronchi erano l'unica cosa che avrebbe potuto salvarla da una sepoltura in una tomba ghiacciata. Avrebbero potuto sopportare la forza di cinquecento chili di neve. O forse no. Gli alberi erano al limite di una zona altrimenti vuota, chiara evidenza del disastro prodotto da precedenti slavine.

Gli alberi erano la sua ultima speranza... Ma solo se fosse riuscita a raggiungerli in tempo.

La riga di alberi più vicina era a solo dieci metri ma i suoi piedi si muovevano a fatica nella neve alta. Camminare non era stato un problema ma correre richiedeva uno sforzo enorme. Ogni passo sprofondava nella neve come sabbie mobili.

Il rombo si intensificò e il cielo si oscurò. La neve arrivava su di lei come un'onda da surf hawaiana.

Doveva correre o sarebbe morta.

Il boschetto di abeti ora era a pochi metri, minuscolo in confronto alla valanga. Anche gli alberi avrebbero potuto cedere sotto l'imponenza della neve, ma era la sua unica possibilità di sopravvivenza.

La vibrazione la scosse nell'intimo. Sentiva il cuore esplodere nel petto mentre si costringeva ad avanzare. Un passo, due passi…

Ce l'avrebbe fatta?

Si concentrò sugli alberi che ondeggiavano sotto la prima spruzzata di neve.

Gocce ghiacciate le pungevano le guance mentre la neve si precipitava verso di lei.

Raggiunse gli alberi e cadde accanto a un tronco, esausta. Si appoggiò contro l'albero facendosi coraggio in attesa della valanga.

Una frazione di secondo più tardi il muro di neve colpì con un forte sibilo. Gli alberi sparirono e la neve la circondò. Tutto quello che vide era bianco mentre i fiocchi ghiacciati le pungevano il volto scoperto. Istintivamente si spinse verso l'alto muovendo le braccia per allontanare la neve. La montagna riecheggiò mentre lei cercava di restare dritta.

Poi, altrettanto rapidamente, la valanga era passata.

Così come tutto il resto. Boschetti di alberi erano spariti completamente senza lasciare traccia, a parte qualche sparuto arbusto miracolosamente sfuggito all'ondata di distruzione. Alzò lo sguardo e vide che mancavano i rami da un lato dell'albero sotto il quale si era protetta. Nemmeno un metro e sarebbe morta anche lei. Rabbrividì al pensiero.

Rimase immobile sul terreno nel buco alla base dell'abete, paralizzata al pensiero di quanto era stata vicina alla morte. Poi cercò di rimettersi in piedi, scorticata e abbattuta. Tutto quello che desiderava in quel momento era vedere Jace e sentire attorno a sé le sue braccia protettive. Doveva anche cercare aiuto.

Spazzolò via la neve dalla giacca e i pensieri cupi dalla mente. Doveva pensare con chiarezza. Osservò i dintorni. Anche ai limiti della valanga i danni erano seri. Solo il suo albero e un altro lì vicino erano ancora in piedi. Il resto di quel boschetto era stato spezzato come fosse un fascio di rametti. Per pura fortuna aveva scelto un albero sufficientemente forte per contrastare la valanga.

C'era mancato poco.

Troppo poco.

Guardò su verso la cima della montagna e vide che almeno un terzo era sparito. Il taglio della valanga era stato più grande di quanto pensava. Seguì con gli occhi la traiettoria della neve lungo il fianco della montagna. Lungo il percorso della slavina era sparito tutto, il paesaggio era completamente trasformato.

Non c'era più il boschetto di alberi che Elke e Fritz avevano attraversato prima di raggiungere la discesa aperta. Erano spariti anche la maggior parte degli altri alberi che costeggiavano la discesa, sepolti sotto dieci metri o più di neve. Il punto in cui lei era stata ferma solo qualche momento prima era stato colpito in pieno. Se non avesse corso sarebbe rimasta sepolta.

Anche gli alberi sopra di lei sarebbero stati colpiti se non per il semplice fatto che si trovavano a pochissima distanza dal cammino della valanga. La nuvola di neve che l'aveva coperta era stata una spruzzata periferica, non la valanga vera e propria.

Era stata fortunata. Nel posto giusto al momento giusto, quando era importante.

Le rimase un grido strozzato in gola quando colse un movimento con l'occhio. Un paio di racchette da sci erano scivolate qualche metro in giù lungo la discesa prima di fermarsi contro un piccolo ramo che sbucava dalla neve. Cinque minuti prima quel ramo era stato la cima di un sempreverde alto più di dieci metri.

A parte le racchette, la neve intonsa non lasciava vedere altro. Nessuna impronta, percorso o sentiero. Nessun movimento.

Qualunque segno di vita umana, cancellato.

A parte le racchette da sci.

Quando la coppia si era separata da lei qualche minuto prima, Elke aveva il fucile in una mano e le racchette nell'altra. Erano rimaste prese nella neve solo perché lei non le aveva legate al polso. E ora non c'era più.

Fritz era qualche metro più avanti della moglie, ma non c'era alcun segno nemmeno di lui.

Aveva parlato con loro meno di cinque minuti prima. E ora in un lampo, erano intrappolati in una prigione di ghiaccio.

Kat corse verso l'ultimo punto in cui li aveva visti. Doveva tirarli fuori prima che soffocassero. Praticamente impossibile, senza una pala per scavare o un trasmettitore per localizzarli sotto la neve. In effetti non aveva nessun genere di equipaggiamento per valanghe o salvataggio. Senza il segnale del cellulare, non poteva nemmeno chiamare per chiedere aiuto.

Tutto quello che poteva fare era scavare con le mani.

Gridò, sperando in una risposta.

Silenzio.

Scavò con le mani nella neve, aspettandosi di trovare la polvere fresca e soffice in cui aveva camminato. Ma lì la neve era dura e ghiacciata, vecchi strati formatisi con il cambiare del tempo. Era quasi cemento, impossibile scavare. Quasi subito i suoi guanti furono inzuppati e le mani ruvide per il ghiaccio.

Si costrinse a proseguire, sapendo che le vite della coppia erano in pericolo.

Ma era tutto inutile. Aveva perso la sensibilità delle mani e il tempo passava. Aveva scavato per neanche mezzo metro in cinque minuti.

A quel punto potevano essere morti. Non aveva avuto alcuna risposta dalla coppia, non c'era segno nemmeno che fossero dove li aveva visti l'ultima volta.

Si rese conto con orrore che non era necessariamente quello il punto in cui erano rimasti sepolti. La neve avrebbe potuto trasportarli per metri più in giù prima di seppellirli. Potevano essere dovunque.

Potevano anche non essere insieme, a seconda dell'angolazione e della velocità con cui la neve aveva colpito ognuno di loro. Portavano trasmettitori da valanghe? Sarebbero serviti solo se ci fosse stato qualcuno con un ricevitore adatto.

"Ehi! Vieni qui. Subito!" Ranger le fece segno dalla motoslitta. Si era fermato vicino ai due abeti rimasti in piedi.

"No. Vieni tu qui. Ci sono persone sepolte. Chiama aiuto." Kat ricominciò a scavare.

"Ho appena chiesto aiuto via radio." Le gridò in risposta Ranger. "Tu devi andartene di lì. Ora, prima che cada un'altra valanga. Quel declivio è estremamente instabile."

"Devo tirarli fuori. Hai una vanga?" Il tempo era essenziale prima che fosse troppo tardi. Non poteva fermarsi in quel momento.

"Non c'è niente che possiamo fare senza rischiare noi stessi la vita. Vieni qui, veloce." Ranger parlò alla radio e fece cenno a Kat di raggiungerlo.

Qualche secondo dopo una voce maschile rispose crepitando. Il disturbo della radio era così forte che lei non riuscì a distinguere le parole. Ma non le importava. Era concentrata esclusivamente a trovare i Kimmel.

"Dobbiamo salvarli." Non era mai stata in prima persona sul passaggio di una valanga ma sapeva che nessuno riusciva a tirarsene fuori senza aiuto. Le vittime restavano sepolte in neve simile a cemento, incapaci di muovere braccia e gambe. Anche a pochi centimetri restavano invisibili e ignorati dai potenziali salvatori.

I pochi che riuscivano a salvarsi di solito avevano trasmettitori di posizione e qualcuno addestrato al salvataggio nelle vicinanze. Anche se vanghe e sonde venivano messe in azione subito, erano efficaci solo per un po' di tempo. E il tempo non era dalla parte delle vittime. Chiunque non veniva rintracciato e tirato fuori entro pochi minuti moriva soffocato.

Elke e Fritz erano da qualche parte sotto la neve, intrappolati.

Sentivano la sua voce e non erano in grado di rispondere? O era già troppo tardi?

"Ho sentito la valanga." Ranger alzò lo sguardo dalla radio. "Ho chiamato una squadra di ricerca e soccorso, ma ti posso dire che per loro è troppo tardi. Tu potresti ancora farcela ma devi muoverti da lì, ora."

Lei rimase immobile.

"Kat, sono passati quasi trenta minuti. Sono già morti. Nessuno può resistere tanto."

Trenta minuti? Sembravano meno di dieci ma con tutto quello che era successo probabilmente lei non si era resa conto del tempo che passava. Ranger aveva ragione ma questo non semplificava le cose. Kat si alzò e arrancò verso Ranger e la motoslitta, esausta e rattristata.

"Cosa ha causato la valanga?" Kat perlustrò la montagna, cercando le tracce di sciatori o motoslitte più in alto, ma non c'era segno di attività umana.

Le valanghe erano rare in dicembre. Erano più comuni in primavera, quando le temperature più facilmente variavano provocando congelamenti e scongelamenti. Lo sapeva per via del lavoro di Jace come volontario di ricerca e soccorso nelle montagne a nord di Vancouver. Anche se il clima lì era più secco e più freddo rispetto alle montagne sulla costa di Vancouver, tutte le valanghe obbedivano agli stessi principi.

Non prendevano prigionieri. Anzi, uccidevano con trasporto.

Ranger scosse la testa. "Non saprei. Qualche volta sono gli stessi sciatori. Capita che siano tentati dalle discese aperte e finiscano proprio su quella discesa. Lì c'è il maggior pericolo. È anche dove c'è la neve migliore."

Ma la coppia si era appena infilata tra gli alberi quando era iniziato. E la slavina era partita molto sopra di loro. Era impossibile che l'avessero provocata loro.

"La squadra di ricerca e soccorso non dovrebbe già essere qui?" I commenti di Ranger la preoccupavano. Fritz e Elke erano gente del posto e avevano esperienza, dovevano conoscere l'ambiente. Da quello che si ricordava sciavano lentamente, non in modo aggressivo. Anche se le valanghe erano imprevedibili, il loro comportamento non era di quelli che possono provocarle. C'era qualcosa che non tornava.

Ranger guardò in cielo. "Gli aiuti dovrebbero arrivare in elicottero. Pensavo che a questo punto sarebbero già stati qui."

Kat manteneva ancora un briciolo di speranza per la coppia ma il tempo passava. "Non possiamo avvicinarci? Giusto per capire dove potremmo iniziare a guardare? Potrebbe volerci un po' di tempo. Potremmo almeno aiutare il salvataggio indicando dove sono spariti."

"Forse un po'." Annuì Ranger. "Basta che stiamo vicino agli alberi e lontano dal percorso della valanga."

Lei lo seguì mentre percorreva un'ampia area circolare intorno a dove lei si trovava qualche momento prima. Camminavano lentamente lungo il perimetro di cespugli e alberi, cercando qualunque segno della coppia o della loro attrezzatura. A parte le racchette da sci, non c'erano altri segni del punto in cui la montagna gli aveva ingoiati.

Le valanghe, come i tornado, spesso portavano le vittime lontano da dove si trovavano originariamente. Potevano essere dovunque intorno o sotto il punto originale e diversi metri sotto la neve. Il salvataggio era contro ogni pronostico.

"Cos'è quello?" Kat indicò un oggetto scuro una trentina di metri più in basso rispetto a loro. Conosceva la risposta prima che Ranger parlasse. Era il fucile di Elke. Elke non si vedeva ancora da nessuna parte.

"Non significa che lei sia nei pressi. È rimasto sopra la neve perché più leggero."

Si trovavano nella stessa posizione in cui si trovava la coppia, solo a qualche metro di distanza. Lei perlustrò la neve ma non trovò tracce lasciate dalla coppia prima di sparire sotto la slavina.

Erano esattamente nella linea di fuoco. Poteva averli uccisi lo stesso impatto o averli lasciati incoscienti.

Stava per girarsi quando notò delle tracce.

"Vedi quelle?" Indicò tracce di una motoslitta, una decina di metri sopra di loro. Strano, dato che non avevano sentito nessun'altra motoslitta. E Ranger era arrivato dalla direzione opposta. "Pensi che quello potrebbe averla provocata?"

Ranger scosse la testa. "Quella lastra si è rotta ieri, probabilmente ha causato la valanga di oggi. Quegli sciatori dovevano saperlo."

Una cosa strana da dire.

Kat tornò col pensiero a un commento fatto poco prima da Ranger. Si era riferito alla persona che aveva il fucile con il femminile. Ranger era arrivato dopo la valanga. Come faceva a sapere che c'era una donna ed era lei che portava il fucile?

"Ieri?"

"Ti ho già detto che è pericoloso stare qui." Ranger guardò il cielo. "Non so perché l'elicottero non si vede ancora ma più tempo restiamo qui, più rischiamo anche le nostre vite. Chiunque fossero, non c'è speranza di salvarli."

"Io ho riconosciuto uno di loro, Elke, dalla manifestazione di ieri. Era con il marito. Ho anche parlato con loro per qualche minuto poco prima della... tragedia." Un singhiozzo le si bloccò in gola.

"Una tragedia." La voce di Ranger era priva di emozione.

Kat si ricordò della discussione riguardo la miniera. "Queste persone parlavano di una strada che Batchelor voleva costruire. Ne sai qualcosa?"

"Non vogliono che i lavori proseguano, anche se sarebbe per il bene di tutti. Sostengono di essere ambientalisti ma non lo sono. Sono coltivatori di erba e una strada aumenta le possibilità di venire scoperti." Gettò un'occhiata verso la valanga. "Immagino che ora non succederà."

Kat rabbrividì. Ancora nessun segno del salvataggio. "Puoi chiamare di nuovo via radio? Dove sono?"

Anche nell'eventualità improbabile che Elke o Fritz avessero avuto l'intuizione di proteggere il volto con le mani per creare una sacca d'aria, ormai le loro possibilità di sopravvivenza erano nulle. Seppure ne avessero avuta una all'inizio. Kat si sentiva responsabile per non essere stata in grado di salvarli.

Ranger parlò di nuovo alla radio poi si girò verso di lei. "Arriveranno tra dieci minuti, hanno risposto a un'altra chiamata."

Il cuore di Kat sprofondò. La colpì l'ironia della strada. "Immagino che una strada li avrebbe aiutati in questo frangente. Solo che non lo sapevano."

Ranger annuì. "Non puoi bloccare il progresso."

Non era proprio quello che Kat intendeva, ma in un certo senso Ranger aveva ragione.

CAPITOLO 6

Kat sedeva di fronte al camino nell'ampia sala dello chalet, le mani tremanti scaldate da una tazza bollente di caffè appena fatto. Era sprofondata in una poltrona imbottita, ancora scossa per la valanga.

Solo la fortuna l'aveva salvata dal restare sepolta sotto due tonnellate di neve.

Ma il destino di Elke o Fritz era stato decisamente peggiore. Sarebbero sopravvissuti se gli aiuti fossero arrivati in tempo? Non lo avrebbe mai saputo e questo la faceva sentire male. Alla fine la squadra di soccorso era arrivata, ma più di un'ora dopo la valanga.

"Non avresti dovuto andartene in giro da sola in quel modo." Jace era seduto sul bracciolo della poltrona di Kat, un braccio appoggiato sulle sue spalle. "Sei stata fortunata ad aver evitato la valanga."

Lei non si sentiva fortunata.

Ranger era da un lato del camino, rivoli d'acqua scendevano dai pantaloni impermeabili. Una piccola pozzanghera si stava formando sull'ardesia nera sotto i suoi piedi. Dennis alzò lo sguardo dal tavolo, dove stava seduto circondato da appunti, documenti e due computer. I due uomini avevano lasciato il lavoro dopo il ritorno di Kat e Ranger.

Dennis e Ranger si scambiarono un'occhiata poi si concentrarono su Kat.

"Ci sono stata troppo vicina per riuscire a rilassarmi." Rabbrividì e si chiese perché Ranger non l'aveva avvisata del fatto che la neve era instabile. Era vero che lei si era allontanata di parecchi metri dal sentiero che le era stato indicato. Ma in ogni caso…

"Qualche altro passo e non saresti qui a raccontarlo." Ranger si rivolse a Dennis. "Forse non è tanto una bella idea che lei se ne vada in giro in questa stagione dell'anno."

Ranger e Kat erano rientrati allo chalet quando la squadra di ricerca e soccorso era arrivata sulla scena della valanga. Non avevano fatto molto a parte indicare la traiettoria delle racchette da sci e del fucile di Elke. Erano anche state fatte loro delle domande riguardo le tracce di motoslitta, ma né Ranger né lei avevano una spiegazione.

L'operazione ora era classificata come tentativo di recupero piuttosto che ricerca attiva, dato che era evidente che nessuno sarebbe potuto sopravvivere. Il responsabile della ricerca e soccorso aveva fatto notare il tempo trascorso dalla caduta della valanga e il rischio per la sicurezza della squadra.

Dennis annuì. "Se ci sono le valanghe, forse è meglio se resti intorno allo chalet."

E quindi addio esplorazione dei dintorni. Comunque sarebbero rimasti solo per il fine settimana.

Al sicuro nello chalet, Kat ebbe finalmente il tempo di ripensare all'incidente. Cosa sarebbe successo se avesse incontrato Elke solo una trentina di metri più avanti lungo il sentiero? Sarebbe rimasta sepolta proprio insieme a loro. Rabbrividì al pensiero.

"È davvero una disgrazia che abbiano attraversato la discesa come hanno fatto." Dennis scosse la testa. "Sconsiderato, soprattutto considerate le condizioni della neve nei dintorni. Loro lo sapevano."

Ranger annuì. "Il rischio di valanghe in questo momento è piuttosto alto. Cosa avranno pensato?"

Kat ritornò con il pensiero all'incidente. Lei era stata solo ai margini della slavina e tuttavia la neve l'aveva colpita come un muro di mattoni. "Elke e Fritz non hanno mai avuto alcuna speranza."

"Molto spesso non si può proprio prevedere," concordò Dennis. "Anche le persone del luogo come i Kimmel possono sbagliare."

Kat si rivolse a Ranger. "Non hai mai detto che ci fosse pericolo." Se Ranger era così preoccupato, perché non le aveva parlato del pericolo di valanghe quando l'aveva lasciata? Anche se l'aveva indirizzata dalla parte opposta, lei avrebbe facilmente potuto attraversare la stessa discesa di Elke e Fritz e andare incontro allo stesso destino.

"Non sei rimasta dove ti avevo detto di andare. Comunque, non c'era pericolo, fino ad ora." Ranger si grattò il mento. "Poi due slavine in un giorno. Non me lo sarei mai aspettato."

Tre slavine, pensò Kat. Di certo quella di ieri era un anticipo. Il tempo instabile probabilmente era una delle cause. La tempesta di neve della notte precedente aveva aggiunto un ulteriore rischio depositando uno spesso strato di neve su quello esistente.

La valanga di quel giorno aveva ucciso due persone. Si era verificata esattamente nello stesso posto del giorno precedente. Ranger si fingeva sorpreso ma la sua mancanza di emozione era in contrasto con quello che diceva. Aveva reagito come se l'incidente fosse cosa di tutti i giorni. Come minimo, la slavina precedente avrebbe dovuto far sì che fosse in allerta quando l'aveva lasciata.

Erano così tante le domande che le passavano per la testa, troppe domande senza risposte soddisfacenti. Il comportamento di Ranger era molto strano.

"La polizia ci farà delle domande?"

Ranger la fissò come se fosse pazza. "È stato un incidente."

"Ma sono morte due persone." Di sicuro la situazione prevedeva un'indagine, anche in un posto remoto come quello.

"Me ne sono già occupato io," disse Ranger. "Ho informato la polizia dell'incidente e l'ha fatto anche la squadra di ricerca e soccorso. Non possono recuperare i corpi finché la primavera non farà sciogliere la neve, comunque. È troppo pericoloso."

A parte pochi minuti dopo il loro rientro allo chalet, Ranger era praticamente sempre rimasto insieme a lei. E lei non l'aveva visto telefonare. "E per quanto riguarda la scena dell'incidente? Di certo dovranno visionarla?"

"In questo momento è troppo pericoloso. Potrebbe provocare una nuova valanga. Hanno già il nostro resoconto dell'incidente."

"Il nostro resoconto?" Lei era una testimone oculare, mentre Ranger non era abbastanza vicino per vedere qualcosa se non le conseguenze. "Non dovrebbero parlare con me direttamente?"

"Ho riferito io i tuoi dettagli." Ranger fece una pausa poi aggiunse: "Ti contatteranno più avanti."

"Ma io voglio parlare con loro ora, con quello che è successo ancora fresco nella mia mente." Nessuna indagine mentre le tracce erano ancora fresche? Pericolo o no, sembrava un modo piuttosto scadente di condurre l'indagine.

Lanciò un'occhiata a Dennis per valutare la sua reazione ma la testa dell'uomo era di nuovo sepolta tra gli appunti. Lei si rese conto che il tragico incidente per lui aveva un vantaggio, dato che aveva eliminato in modo conveniente il suo principale oppositore. Una coincidenza o qualcosa di più?

Considerò l'idea di chiamare zio Harry per fargli verificare il racconto dei Kimmel. A lui piaceva il lavoro di indagine anche se non era qualificato. Non aveva le certificazioni necessarie e nemmeno l'esperienza professionale ma questo non gli impediva di cacciare il naso in ognuno dei casi di Kat. Lei gli assegnava generalmente ricerche facili, per tenerlo occupato. Lei in quel momento esitava all'idea di fare le ricerche sulla rete Internet di

Batchelor, dato che avrebbe potuto essere controllata in qualche modo.

Alla fine decise di non chiamare zio Harry. Avrebbe cercato di trovare prima qualcos'altro. Dopo tutto era il fine settimana. Il racconto della valanga mortale avrebbe solo fatto preoccupare lo zio. Meglio raccontargli quello che era successo quando fossero stati al sicuro di ritorno a Vancouver.

"Sono persone del posto?" Jace corrugò la fronte. "Mi sorprende che siano rimasti sotto la valanga. In dieci anni che ho trascorso nella squadra di ricerca e soccorso non ho mai visto una cosa simile. Di solito sono turisti e persone inesperte, gente che non conosce bene la zona."

"I Kimmel erano avanti con gli anni," disse Dennis. "Hanno preso una decisione sbagliata. Sono stati troppo sicuri o forse hanno semplicemente dimenticato quanto possono essere pericolose le montagne."

La coppia aveva tra i sessanta e i settant'anni, ma era molto più in forma di persone con venti anni di meno. In effetti, Kat aveva anche pensato che Elke fosse più in forma di lei. L'età non sembrava essere un problema per entrambi i Kimmel, sia dal punto di vista fisico che mentale. "A me è sembrato che la sapessero lunga."

"Hanno sempre vissuto in questa zona?" Chiese Jace.

Dennis annuì. "I Kimmel sono emigrati dalla Germania quarant'anni fa e hanno sempre vissuto qui da allora. Fritz lavorava nella miniera locale finché è andato in pensione qualche anno fa."

"La Regal Gold Mine?" Fritz non le aveva detto di averci lavorato, o di essere andato in pensione dalla miniera. Ma perché avrebbe dovuto? La loro non era stata altro che una conversazione di cinque minuti tra estranei.

"Proprio quella," disse Dennis. "Lasciami indovinare. Ti ha parlato di una cospirazione per avvelenare i residenti."

Kat esitò. "Non proprio, anche se ha accusato la miniera di

negligenza. Pensava anche che tu avresti dovuto avere un ruolo più attivo."

Un lampo di emozione attraversò il volto di Dennis. Dopo un secondo non c'era più. Si girò verso Ranger. "Vedi se possiamo aiutare la famiglia con l'organizzazione del funerale."

"Siete assolutamente sicuri che la squadra di ricerca e soccorso non può fare niente? Almeno per recuperare i corpi?" Kat non riusciva a immaginare come sarebbe stato per le loro famiglie.

Ranger scosse la testa. "È troppo rischioso."

"Vengono semplicemente dati per morti?" Kat conosceva i rischi, dal lavoro volontario di Jace in ricerca e soccorso, ma la rapidità dell'affermazione la stupì. "Voglio tornare là. Qualcuno deve farlo."

Dennis scosse la testa. "Non farebbe alcuna differenza. Sono morti e non li possiamo più aiutare. Il tuo è il senso di colpa del sopravvissuto. Lascia perdere."

"Come faccio? Non possiamo semplicemente lasciarli là."

"Non lo faremo," disse Dennis. "Quando tornerà il freddo e gli strati di neve saranno stabilizzati, li cercheremo. Potrebbero passare pochi giorni o alcune settimane."

O anche di più, pensò Kat. Stavano semplicemente cercando di farla smettere di parlarne.

"Sembra duro, Kat, ma è troppo pericoloso per chi fa le ricerche." Jace si alzò e si diresse a lunghi passi verso il tavolo. "Se non si esce entro pochi minuti, non si tratta più di ricerca e soccorso. Diventa una situazione di recupero. Non c'è speranza di sopravvivenza. È troppo pericoloso rischiare la vita di altre persone."

"Jace ha ragione," disse Ranger. "Non possiamo rischiare di provocare un'altra slavina."

"Lo capisco, ma comunque è terribile." Si girò verso Ranger. "Quanto li conoscevi?"

"Abbastanza bene, immagino. Anche se non mi piacevano molto. È di certo una tragedia ma devo ammetterlo: erano degli agitatori."

"Perché dici così?" Sembravano carini. A parte il fatto che Elke le aveva puntato contro il fucile.

"Sono d'accordo con Ranger. Non erano disposti a fare un passo indietro," disse Dennis. "Il loro terreno confina con il mio e in passato abbiamo avuto diverse volte degli scontri con loro. Avevano l'abitudine di agire prima e fare domande dopo. In ogni caso, mi dispiace che siano rimasti sotto la valanga. Non lo augurerei a nessuno."

"Che genere di scontri?" Kat voleva sapere di più.

"Solite discussioni tra vicini. Ormai non ha più importanza." Dennis si rivolse a Jace. "È ora di tornare al lavoro. Abbiamo una storia da scrivere."

Il fuoco scoppiettava nel camino ma Kat sentì un brivido nell'aria.

CAPITOLO 7

Un'ora dopo, tornata nel suo cottage, Kat si tolse gli indumenti bagnati ed entrò nella doccia. L'acqua calda lavò via il freddo materiale, ma non riuscì a cancellare il suo pensiero della tragedia. Le vite dei Kimmel erano andate distrutte in meno di un minuto. Le loro proteste ridotte immediatamente al silenzio, le loro voci non potevano più essere udite. Rabbrividì al pensiero.

Elke e Fritz erano praticamente estranei e tuttavia lei si sentiva legata, dopo aver assistito alla loro tragica morte. Controllò le lacrime, le sembrava irrazionale essere così sconvolta per gente che non conosceva nemmeno. La sua reazione probabilmente derivava dal fatto che anche lei era stata così vicina alla fine. L'incidente non aveva preoccupato più di tanto Dennis o Ranger. Entrambi l'avevano attribuita alla forza della natura e avevano proseguito con la loro giornata. Anche se era evidente che la coppia a loro non piaceva, Kat si era aspettata maggiore coinvolgimento per dei vicini che conoscevano da decenni. Se fossero stati anche loro in quella zona, avrebbero potuto essere vittime a loro volta.

Come potevano essere così insensibili?

Uscì dalla doccia sul pavimento di pietra riscaldato, confortevole sotto i piedi. Si avvolse nell'asciugamani e si chiese come potevano Dennis e Jace semplicemente andare avanti con il lavoro. Certo, Jace non era stato lì, non conosceva la coppia e non aveva scelta se non ubbidire a Dennis. Ma con Dennis era un'altra storia. Che gli piacessero o no, i Kimmel erano i suoi vicini e l'incidente era capitato nelle vicinanze. La sua indifferenza la preoccupava.

Kat si mise un paio di jeans e un maglione e accese il fuoco con la legna a disposizione accanto al camino. Probabilmente la sua reazione era esagerata, causata dal trauma che aveva vissuto. Dopo tutto, lei conosceva a malapena la coppia. Ma c'era qualcosa che non tornava. Anche se non riusciva a identificarla, non poteva togliersi la sensazione di aver trascurato qualcosa di importante.

I suoi sospetti crebbero mentre accendeva il fuoco. L'incidente fatale dei Kimmel sembrava un risultato sorprendentemente felice per i loro nemici. A giudicare dai commenti di Dennis e Ranger, i Kimmel guidavano il gruppo delle dimostrazioni contro la miniera e Elke Kimmel, di fatto, era la leader. Forse non era stato un incidente.

Supponendo che non fosse un incidente, chi voleva la coppia morta?

I proprietari della miniera di sicuro traevano benefici dalla loro morte. Tuttavia, in quanto proprietari assenti, non erano nei dintorni. Potevano essere coinvolti indirettamente?

L'antipatia di Dennis per la coppia era evidente, anche se non l'aveva detto apertamente. A Kat sembrò strano, considerato che condividevano alcuni principi in quanto amanti della natura e manifestanti, che offrivano semmai materiale in comune. O almeno avrebbero dovuto provare un minimo di simpatia. Anche il comportamento di Ranger era strano, soprattutto la sua insistenza che le ricerche fossero ridimensionate.

Si stava immaginando una cospirazione dove non c'era traccia?

Forse, ma le teorie della cospirazione spesso contenevano elementi di verità. E magari anche in quel caso.

L'ultima teoria le era venuta in mente sotto la doccia. Più ci pensava, più si convinceva che la valanga di quel giorno fosse qualcosa di più sinistro di un incidente. Ranger aveva i mezzi, la motivazione l'opportunità. I Kimmel non gli piacevano per niente e dove fosse nel periodo precedente all'incidente non si poteva sapere. Aveva una motoslitta, che avrebbe potuto lasciare le tracce più in alto sulla montagna.

Questo spiegava anche perché sembrava non avere voglia di rispondere alle sue domande.

Al diavolo Ranger, ricerca e soccorso e la polizia. Se non volevano procedere con l'indagine, lo avrebbe fatto lei. Questo non era uno dei suoi soliti casi di indagine per frode, ma ne condivideva gli elementi di base: i mezzi, la motivazione e l'opportunità.

Questo, se effettivamente si trattava di un crimine. Ma considerate le tante incoerenze, come poteva non esserlo?

Ripercorse gli eventi con la mente. Da dove iniziare? Frugò nella borsa e prese un blocchetto per appunti e una matita. Dato che era bloccata nel cottage senza niente di meglio da fare, poteva anche buttar giù qualche appunto finché i dettagli erano ancora freschi nella sua mente. Avrebbero potuto tornare utili se e quando la polizia si fosse decisa a parlare con lei.

Prima di tutto, annotò i commenti di Dennis di poco prima e la sua reazione alla notizia. Mise un punto interrogativo vicino alla sua relazione con i Kimmel. Avrebbe approfondito più tardi.

Di certo Ranger e Dennis non li stimavano molto. C'erano altri? Il resto dei manifestanti sarebbe stata una buona fonte di informazione. Doveva contattarli senza farlo scoprire a Ranger o Dennis.

Tornò a concentrarsi sulle tracce di motoslitta, dato che probabilmente erano state quelle a scatenare la valanga, destabilizzando gli strati di neve più deboli. Di sicuro c'entrava anche il clima variabile degli ultimi giorni. Il freddo e gelo costante e poi la neve e la pioggia ghiacciata alternati a temperature più calde avevano creato uno strato di neve debole.

Questo lo sapeva anche lei dalle sue passeggiate con le ciaspole nell'entroterra. Corso di Valanghe per principianti.

Gli strati di neve si sovrapponevano ad ogni nevicata e alcuni erano più pesanti di altri. Lo spessore e la densità dipendevano dall'umidità e dalla durata della nevicata e i cambiamenti di temperatura provocavano cicli di riscaldamento raffreddamento, scioglimento e ri-congelamento. Nei giorni più caldi come quello, alcuni strati erano più scongelati di altri. Questo dipendeva anche dalla posizione, per esempio se erano esposti direttamente al sole. Spesso un giorno caldo e quello seguente di gelo erano sufficienti a indebolire l'adesione tra gli strati e dare l'avvio a una slavina. Gli strati più nuovi, che non si erano ancora legati a quelli precedenti, erano particolarmente inclini a staccarsi.

Osservando il fianco della montagna le fu evidente che fosse soggetto a valanghe, considerate le angolazioni ripide che scendevano dai due picchi in cima, formando un incavo naturale in mezzo alla discesa. Valanghe precedenti avevano rimosso gli alberi da una parte della montagna, lasciando il terreno con minore resistenza alle slavine successive.

La squadra di ricerca e soccorso, Ranger e Dennis conoscevano gli impatti del clima e la storia dei movimenti di questa zona in particolare. Presumibilmente anche i Kimmel e tutti gli altri residenti. Anche se i rischi erano conosciuti da tutti, solo madre natura sapeva il momento o il luogo esatto in cui ci sarebbe stata una valanga. Si poteva prevedere dove, ma mai il momento esatto.

Tutto questo indicava un tragico incidente e non un crimine sinistro.

A parte il fatto che la valanga si era sviluppata la mattina, prima che il sole potesse riscaldare la neve. La motoslitta poteva aver forzato la natura? Conoscendo l'instabilità del manto nevoso, qualcuno poteva aver provocato la slavina di proposito?

Scrisse 'motoslitta' e segnò di informarsi su chi altri ne avesse una. In una zona con così scarsa popolazione probabilmente non ce n'erano tante. Tuttavia, ogni persona del posto poteva utilizzarne una, che fosse la propria o prestata. Questo non restringeva molto il campo dei sospetti.

Non tutti avevano comunque l'opportunità di provocare la slavina. Solo quelli già in montagna e in quella zona. Chi altro era vicino alla montagna?

Ranger, per esempio.

Ma lei non aveva visto né sentito una motoslitta prima della slavina. Avrebbe di sicuro udito il motore se fosse passata poco sopra di lei.

A meno che le tracce non fossero state lasciate prima. Si ricordò il commento di Ranger su una slavina il giorno precedente. Le tracce della motoslitta potevano essere di allora. Anche se potevano essere viste facilmente da sotto, il pericolo dopo la slavina di quel giorno significava che nessuno le aveva ispezionate da vicino. Le tracce potevano non essere fresche.

La motoslitta avrebbe potuto causare la slavina più piccola del giorno precedente. Il blocco di neve indebolito era poi maturato provocando una nuova valanga. Sembrava tirata per i capelli come reazione a catena avviata con un ritardo di ventiquattro ore, ma poteva succedere.

Il cambio della temperatura e il ciclo che ne risultava di ghiaccio e riscaldamento potevano creare strati di neve instabili. Uno strato di neve decongelata era più pesante di uno strato di neve polverosa. Diventava sempre più pesante e non aveva abbastanza tempo durante la notte per legarsi di nuovo allo strato sottostante. Se si aggiungeva un blocco instabile dovuto a una slavina recente, ecco pronta la ricetta per il disastro.

A parte che ultimamente il clima si era notevolmente raffreddato ed era prevista una nuova tempesta per quella sera.

Uno degli altri manifestanti potrebbe aver avuto una motivazione per far del male ai Kimmel. Avrebbe potuto stabilirlo facilmente fermandosi vicino al blocco sulla strada e facendo domande. La maggior parte di loro avrebbe avuto un alibi, dato che uno con l'altro potevano confermare di essere stati presenti al blocco.

Uno del gruppo avrebbe potuto sapere il motivo per cui Elke e Fritz erano su quella discesa. Secondo Ranger, normalmente trascorrevano le giornate al blocco della manifestazione. Ma quel giorno era stato diverso. Si stavano dirigendo verso casa dal punto del blocco anche se era appena mattina. Era troppo presto per loro per considerare la giornata finita. Era una coincidenza sfortunata o qualcosa o qualcuno aveva fatto sì che la loro normale routine venisse modificata?

Questo faceva sorgere un'altra domanda. Considerata la conoscenza dei Kimmel del terreno, perché avrebbero dovuto scegliere proprio quel percorso? Perché non avevano preso la strada o un sentiero più sicuro?

D'altra parte, se la valanga era stata provocata intenzionalmente, era quasi impossibile farla cadere esattamente nel momento in cui i Kimmel erano sulla discesa. Il colpevole avrebbe dovuto essere presente nel momento del disastro.

La maggior parte delle valanghe erano provocate da qualcosa o qualcuno. I Kimmel erano troppo giù lungo la montagna per provocarla loro stessi. Era partita molto sopra di loro, all'inizio della discesa. Tuttavia lei non aveva notato nessun altro nei dintorni, nemmeno visto delle tracce. Questo non voleva dire che non ce ne fossero, dato che lei non aveva percorso l'intera zona. Probabilmente c'erano altri sentieri, di cui lei non era a conoscenza, che portavano al crinale. Scarabocchiò un appunto per controllare tutti i punti di accesso.

In ogni caso, lì c'era stato qualcuno. Non avevano potuto evitare di lasciare tracce nella neve, sia che fossero di motoslitta o di scarpe. La neve avrebbe conservato le tracce, almeno temporaneamente fino alla nevicata successiva. Era importantissimo controllare subito.

Era in completo disaccordo con il commento di Ranger sul

fatto che fosse troppo pericoloso ritornare. Un terzo della discesa era crollato. Semplicemente non c'era abbastanza neve perché si formasse una nuova valanga. Quello era il momento perfetto, prima che la nevicata successiva nascondesse le tracce.

I suoi pensieri tornarono ai manifestanti di fuori città che Ranger aveva accusato di bloccare il sentiero con gli alberi caduti. Chi erano e cosa volevano esattamente? Era stato vago sui dettagli.

L'unico modo di scoprirlo era di trovarli e parlargli. Ma in teoria lei non avrebbe potuto lasciare la proprietà a causa della valanga. Lei non sapeva i loro nomi e non aveva informazioni per contattarli, non aveva altro modo di raggiungerli. Ulteriore motivo per uscire in una missione esplorativa.

Una cosa era sicura. Non avrebbe potuto aspettare di più e rischiare che una nevicata fresca nascondesse le prove. Dennis e Ranger potevano suggerirle di non tornare alla collina, ma non potevano dirle che cosa fare. E inoltre non potevano interferire se lei avesse tenuto segreti i suoi progetti.

Dennis e Jace erano impegnati a scrivere e, se Ranger le avesse fatto domande, lei avrebbe detto che usciva per una passeggiata intorno alla proprietà. Aveva un'opportunità perfetta di controllare le cose da sola. Se fosse stata molto attenta sarebbe stata bene.

Controllò l'orologio. Le due. Aveva almeno un paio d'ore prima che calasse l'oscurità, tutto il tempo necessario per arrivare alla discesa se fosse uscita subito. Mise la macchina fotografica nella borsa e si infilò gli scarponi. Forse nessun altro pensava che fosse necessario un approfondimento, ma lei sì. In effetti, Kat si sentiva in diritto di pretendere un'indagine, dato che anche lei aveva corso un grosso rischio. Evidentemente per Ranger e Dennis il caso era chiuso. E, se doveva credere a Ranger, anche la squadra di ricerca e soccorso la pensava così. Lei non sapeva se o quando la polizia avrebbe indagato, ma aveva il sospetto che non l'avrebbe mai fatto. L'unico modo di non lasciare la situazione al caso era pensarci in prima persona.

Se nessun altro voleva cercare di scoprire la verità, lo avrebbe fatto lei.

CAPITOLO 8

Kat camminò rapidamente lungo il sentiero che portava allo chalet ma poi deviò allontanandosi dal vialetto per evitare di essere vista da qualcuno all'interno. Il suo percorso passava proprio davanti alla linea di visuale della finestra dello studio di Dennis. Se nessuno avesse guardato fuori dalla finestra nel minuto successivo, non sarebbe stata individuata. Fece un sospiro di sollievo quando raggiunse il lato opposto del viale d'accesso.

Il Landcruiser di Ranger non era al suo posto nel parcheggio di fianco all'entrata principale. Un colpo di fortuna inaspettato. Nell'eventualità improbabile che qualcuno la notasse, avrebbe raccontato che stava facendo una passeggiata lungo il limite della proprietà. Per quanto riguarda la passeggiata era la verità, ma il suo percorso si sarebbe allontanato dalla proprietà per andare verso il luogo della valanga.

Ora era oltre la linea di visuale dello studio di Dennis ma era ancora visibile dalle altre finestre dello chalet, se qualcuno avesse guardato fuori. In una trentina di metri il dislivello l'avrebbe resa invisibile da qualunque finestra del piano terra. Se Ranger non fosse tornato prima che lei fosse fuori dalla visuale, nessuno l'avrebbe vista uscire.

Quel pensiero la fece fermare. Forse non sarebbe dovuta tornare sul sito della valanga senza almeno avvisare qualcuno, Jace in particolare. D'altra parte, non poteva interromperlo solo perché aveva deciso di fare una passeggiata. Raccontarglielo di persona avrebbe significato che Dennis o Ranger avrebbero scoperto la sua missione di ricerca: sarebbe stato come minimo imbarazzante. Senza copertura del cellulare non poteva nemmeno chiamarlo. E il cottage non aveva un telefono.

Anche se l'avesse detto a Jace in privato, lui avrebbe insistito perché lei rimanesse al sicuro. Ma non era quello che lei voleva, perché era sicura che la valanga non era stata un incidente. Il problema era che non aveva alcuna prova. La prova l'avrebbe avuta solo recandosi sul posto.

Aveva pensato di lasciargli un biglietto, ma aveva deciso che fosse meglio di no. Jace si sarebbe semplicemente preoccupato, mentre lei sapeva badare a se stessa senza problemi. Gli avrebbe raccontato tutto più tardi, una volta tornata al sicuro del cottage e armata di qualunque prova avesse scoperto.

Jace si era fidato della valutazione di Dennis e Ranger sulla situazione, mentre lei la riteneva esagerata. Lei era l'unica che aveva una conoscenza di prima mano, dato che era presente. Dennis non aveva visto e Ranger era arrivato solo dopo. Era perfettamente in grado di valutare le zone di pericolo e rimanerne all'esterno. In quel giorno l'aveva già fatto una volta.

Aveva in mente di fotografare la discesa e le tracce di moto-slitta, per conservare le prove prima che sparissero per sempre. Ricerca e soccorso, Ranger e gli altri pensavano che la morte dei Kimmel fosse un tragico incidente, ma lei aveva un'altra idea. La loro mancanza di motivazione per proseguire le indagini le sembrava una cosa strana nella migliore delle ipotesi, sospetta nella peggiore. Conoscere le cause aiutava a prevenire altre trage-die, perché non l'avevano fatto? Erano pigri e negligenti, o avevano altri motivi per non effettuare ricerche. Lei sospettava la seconda. In ogni caso, non riusciva a convincersi che si trattasse di un incidente casuale. Quindi doveva ottenere le prove prima che fossero cancellate dalla nevicata della sera.

Le tracce della motoslitta non erano sufficienti a capire chi fosse l'autista, ma di certo restringevano il campo. Potevano anche ricondurre a una particolare marca e modello. Lei non ne sapeva abbastanza per esserne sicura, ma gli esperti avrebbero potuto riconoscere la marca o il modello dalla fotografia. Probabilmente sulla scena c'erano altre prove, visibili solo dalla cima. Non avrebbe voluto essere lei a farlo ma qualcuno doveva. Era troppo tardi per aiutare i Kimmel, ma non era troppo tardi per capire cos'era successo ed evitare un'altra tragedia.

Guardò in alto verso il cielo. Il sole era sparito dietro nubi scure che venivano da nord. Le nubi erano basse e vicine, il genere di nembostrato che portava neve. La tempesta sarebbe potuta arrivare prima del previsto.

Le previsioni del tempo parlavano di forte nevicata, fino a trenta centimetri nei punti più in alto. Il volume avrebbe potuto essere il doppio a quell'altitudine in montagna. Era la sua ultima possibilità di vedere le tracce prima che fossero nascoste completamente.

Aveva forse un'ora prima dell'inizio della nevicata, più o meno lo stesso tempo che le ci voleva per raggiungere la cima. Il picco era più vicino rispetto al percorso tortuoso che aveva percorso la motoslitta con Ranger e lei si chiese perché non avessero seguito quella strada diretta. A parte essere più sicuro in cima alla cresta, probabilmente la vista era spettacolare. Ora lei riusciva a orientarsi, aiutata dal percorso fuoripista della mattina e dal percorso attuale. Diversi sentieri nei dintorni portavano nella stessa direzione. Scelse quello più vicino alla strada che avevano percorso il giorno precedente.

Toccò con la mano la macchina fotografica, decisa a fare più fotografie possibile del percorso. Aveva in mente di fare foto sul crinale e sulla discesa dopo la slavina. Poi avrebbe inviato le fotografie ad esperti di valanghe, non del posto e imparziali, per una seconda opinione. Anche Jace, con la sua esperienza in ricerca e soccorso, poteva darle un suggerimento iniziale. Entrambi avevano numerosi contatti a Vancouver e in altri posti di cui potevano fidarsi.

In ogni caso, non aveva tempo da perdere. Controllò l'orologio. A partire dalle due, andata e ritorno a piedi l'avrebbero portata pericolosamente vicino al crepuscolo. Sperava che la neve tenesse fino a quel momento. Aumentò il passo e si mantenne vicino agli alberi per non essere vista.

Si pentì di non aver lasciato un appunto a Jace, ma ormai era troppo tardi. Ripercorrere i suoi passi non solo avrebbe ritardato la sua missione ma avrebbe anche rischiato di farla scoprire. Se Ranger o Dennis si fossero accorti di cosa stava facendo, indubbiamente avrebbero cercato di fermarla. Il tempo era essenziale se voleva rientrare prima della tempesta.

Raggiunse lo steccato che segnava il confine, un palo di legno e una barriera di filo spinato percorrevano la lunghezza della proprietà. Si piegò e si infilò tra due fili, attenta a non impigliare i vestiti. Si fermò dall'altra parte, ancora in dubbio se andare da sola. Non conosceva bene la zona ed era ancora scossa dalla valanga. Cosa avrebbe fatto se ci fosse stata una nuova valanga e si fosse trovata lì da sola? Nessuno poteva sapere dov'era.

Se era stato un incidente, non c'era niente da vedere e nessun motivo per tornare. La possibilità che la valanga fosse stata provocata intenzionalmente era infinitesimale e non valeva la pena rischiare la sua sicurezza.

Ma comunque.

Se la slavina era premeditata, era un modo abbastanza sicuro di farla franca con un assassinio. Ripeté l'incidente nella sua mente. I Kimmel erano stati membri in vista della comunità, tuttavia sembrava che non importasse a nessuno. O forse non era così. Lei aveva parlato solo con Dennis, Ranger e un gruppo di gente del posto della squadra di ricerca e soccorso. Nessuno del gruppo di protesta. I manifestanti erano proprio le persone con cui aveva bisogno di parlare. Conoscevano i Kimmel ed erano anche meglio equipaggiati per conservare le prove.

Rimuginava i pro e i contro mentre si apriva un percorso nella neve. La strada era a pochi metri dal sentiero, vicino all'incrocio dove i manifestanti avevano organizzato il blocco. Forse avevano già controllato loro il luogo della valanga. In quel caso, il suo viaggio sarebbe stato inutile. Era stanca anche lei di ripensamenti. Una chiacchierata con i manifestanti poteva essere un inizio migliore.

Il blocco era posto proprio sul percorso verso la discesa ma molto più vicino, una camminata di venti minuti al massimo. Sarebbe potuta rientrare al cottage in un'ora invece che in due, mentre c'era ancora la luce del sole e prima che Jace avesse finito con Dennis. Sarebbe stato molto più facile raccontargli della sua avventura dopo il fatto. In quel modo non si sarebbe preoccupato della sua sicurezza.

I manifestanti potevano condividere i suoi sospetti. Il loro punto di vista era sicuramente diverso da quello di Dennis e Ranger, due uomini che non erano decisamente rappresentativi della gente del posto. Avrebbero potuto fornire informazioni di contorno riguardo i Kimmel e la storia delle valanghe sulla discesa. Gli amici della coppia probabilmente avrebbero apprezzato il suo racconto di prima mano come testimone e sopravvissuta. Parlare ai manifestanti le avrebbe procurato ulteriori informazioni.

Camminò a fatica fino a raggiungere un altro sentiero. Dopo qualche minuto il suo percorso fu bloccato da alberi caduti. Riconobbe che era lo stesso posto dov'era passata con Ranger all'inizio della giornata. Si fermò per guardare meglio la barriera che Ranger aveva attribuito al gruppo di manifestanti di fuori città. Almeno una ventina abbondante di tronchi erano impilati fino a un metro e mezzo di altezza e il sentiero precipitava, circondato da boscaglia folta. Chiunque avesse predisposto quella barriera doveva avere delle macchine per tagliare gli alberi. Ognuno aveva un diametro di quasi un metro e segni che era stato tagliato di fresco con la sega elettrica. I manifestanti di fuori città erano arrivati ben equipaggiati.

Ripercorse il sentiero tornando sul percorso originale. I Kimmel erano stati costretti ad attraversare la discesa della valanga come risultato di questa barriera. L'unica altra possibilità era la strada tortuosa che era lunga almeno il doppio.

Secondo Ranger, i Kimmel erano praticamente fissi la maggior parte dei giorni al blocco, se ne andavano alla stessa ora ogni pomeriggio. Chiunque li volesse morti, semplicemente doveva aspettarli al momento fissato.

Si fermò di colpo. Lei aveva incontrato i Kimmel a metà mattina, invece che al normale orario cui rientravano, nel pomeriggio. Come mai avevano cambiato orario? Sarebbero stati ancora vivi se avessero lasciato la postazione come al solito. Gli altri manifestanti forse sapevano il motivo della loro partenza improvvisa.

Kat si fece strada lungo il percorso e venti minuti più tardi arrivò sulla strada, a meno di venti metri dal blocco. C'erano fiamme che uscivano da un barile d'olio ma non c'era in vista alcun manifestante. Il suo cuore sprofondò. Non le era venuto in mente che forse se ne sarebbero andati prima dopo aver sentito della disgrazia.

Avvicinandosi, notò una decina di cartelli di protesta appoggiati con ordine a un pickup. Dopotutto, forse c'era qualcuno.

Un uomo brizzolato, con la barba, di circa settant'anni, le si avvicinò. Indossava una giacca da sci dall'aspetto antico con le scritte Regal Gold Mine e uno stemma su cui si leggeva 'Ed'.

"Tu vieni dallo chalet."

Kat annuì. In un posto così piccolo, probabilmente tutti sapevano che lei era ospite di Dennis, anche se lei non sapeva niente di loro. Comunque si presentò. "Mi chiamo Kat. Posso parlarti dei Kimmel? Ero lì quando è successo."

Lui strinse gli occhi. "Sembra che tu te la sia cavata bene."

Lei notò con sollievo che non era armato. "Sono stata fortunata. A parte che non mi ritengo fortunata se escludiamo il fatto che io sono qui e loro no." Si sentì una stretta alla gola. "In effetti è sembrato più di un incidente. Ho visto tracce di una motoslitta in cima al crinale."

L'uomo non disse niente.

"Perché i Kimmel avevano lasciato la postazione a metà mattina? Di solito non si fermano tutto il giorno?"

"Sembra che tu ne sappia un bel po' su di loro. Te l'ha raccontato Ranger?"

Lei scosse la testa. "No. In effetti, non mi parla proprio di loro. Immagino che non siano molto amici."

"Immagini bene." Diede un'occhiata indietro, verso il barile con il fuoco. "Io tornerei allo chalet se fossi in te. Sta per arrivare una tempesta. Non vorrei rischiare di restaci in mezzo."

Ed era gentile ma ovviamente non si fidava di lei.

"Riguardo quelle tracce di motoslitta. Io sono sicura che hanno provocato la valanga. Magari è stato fatto di proposito e Elke e Fritz dovevano essere le vittime. Avevano dei nemici, qualcuno che volesse fargli del male?"

"Faresti meglio a farti gli affari tuoi. Non è niente che ti riguardi."

"Esattamente, sono affari di chi? Sembra che non importi niente a nessuno." La morte della coppia non era un evento per Dennis e Ranger, ma di sicuro importava a Ed e agli altri manifestanti. Anche loro potevano essere un bersaglio.

"A te sì?"

"Io li ho visti poco prima che rimanessero sepolti dalla slavina. Avrei potuto morire anch'io. Chiunque sia stato deve essere fermato."

"Gli hai parlato?"

Finalmente aveva trovato un varco.

"Elke e Fritz mi hanno detto dell'altro gruppo di manifestanti."

Gli raccontò del sentiero bloccato. "Non posso evitare di pensare che qualcuno li ha costretti a fare un'altra strada. Erano là perché il percorso che facevano di solito era bloccato."

"Io credo nella protesta pacifica. Anche Elke e Fritz la pensavano come me. L'altro gruppo di protesta non era d'accordo, diceva che le cose non si muovevano abbastanza in fretta. Sono manifestanti con i soldi, i tipi che vanno sulla stampa, professionisti che vendono una storia al notiziario delle sei. Cercano di piacere alla folla a seconda del momento. Non vivono qui; non parlano nemmeno con noi. Hanno cambiato il nome di alcuni dei nostri posti."

"Non possono farlo così, semplicemente."

"Ma lo fanno, con nomi inventati nelle loro brochure di marketing patinate. La montagna viene reinventata, con nomi come Raven Spirit Ridge e Great Bear Forest. Sempre più persone ormai sentono questi nomi invece di quelli veri. Hanno coperto le nostre voci, finché tutti dimenticheranno i nomi veri, la nostra storia.

"Vogliono anche cacciarci via. Io ho trascorso qui tutta la vita. Il mio bisnonno si è trasferito qui. Abbiamo pulito la vallata, fondato Paradise Peaks. Adesso dicono che noi roviniamo la natura. Ma noi non facciamo niente di diverso da quello che abbiamo sempre fatto. Noi viviamo qui ed eravamo qui prima di loro.

"Sono loro il problema, fanno pubblicità che non vogliamo per attrarre finti benefattori con barrette di cereali e acqua in bottiglia, i vestiti di canapa e le auto ibride."

Kat annuì e lo lasciò parlare. Forse finalmente stava arrivando al punto.

"Noi non possiamo farci niente. Non siamo rimasti in molti e siamo stanchi di lottare da anni. Alcuni se ne sono andati in cerca di lavoro dopo la chiusura della miniera e tutti quanti non ne possiamo più dell'acqua cattiva."

Ed e i manifestanti erano vittime, non prepotenti. "Eppure vogliono costruire una nuova strada?"

"Sì. Dennis dice che pagherà il conto perché una nuova strada rende le cose più sicure. Dice che l'unico modo di finanziare la soluzione di questo casino è di portare i dollari dei turisti, trasformando questo posto in un'area naturale di riferimento. Beh, a noi non sta bene. Non saremo costretti ad accettare il suo dannato asfalto quando una strada sterrata va benissimo. Non vogliamo vedere nessun altro benefattore che vuole salvare la foresta. Vogliamo semplicemente finire i nostri giorni in pace."

Non c'era da stupirsi che disprezzassero Batchelor. In qualche modo lui era alleato dei manifestanti di fuori città perché lo aiutavano a raggiungere i suoi obiettivi. Era un prepotente, cercava di cacciare loro in gola il commercio in una proposta tipo prendere o lasciare. Aveva funzionato per la maggior parte. Molti erano stati cacciati, a parte alcuni ostinati pensionati.

"Vorresti mai andartene?"

Ed scosse la testa. "Dovranno portarmi via con la forza. La maggior parte di noi è cresciuta qui, ha qui la sua famiglia e qui è andata in pensione. Elke e Fritz la pensavano allo stesso modo."

Qualcuno sapeva che se ne sarebbero andati solo in una bara, non in un camper. E li avevano accontentati. "Questa strada... Dove andrà?"

"Dalla base della montagna fino alla cima."

"La cima, intendi l'altipiano, dove c'è lo chalet di Dennis Batchelor?"

Lui annuì.

Cosa avevano in comune una miniera abbandonata, l'acqua avvelenata e valanghe fatali? Facevano andar via la gente, in un modo o nell'altro. Una nuova strada portava gente ma era gente di tipo diverso rispetto ai residenti attuali. Lei comprendeva la frustrazione dei manifestanti, dato che l'unica alternativa era di accettarlo o andarsene. Chi può vivere senza acqua pulita?

Batchelor era coinvolto di sicuro e lei intendeva scoprire in che modo.

"Non mi hai ancora detto perché i Kimmel se ne sono andati da qui stamattina."

"Un'emergenza a casa che riguarda la figlia. Lei vive con loro."

"Che genere di emergenza?" Kat spostò il peso.

"Non l'hanno detto. Se ne sono andati di corsa," rispose Ed. "È stato Ranger a portare il messaggio. Qui non abbiamo cellulari."

Sembrava poco probabile che Ranger avesse ricevuto un messaggio di emergenza. Era stato con lei sulla motoslitta fino a un'ora prima dell'incidente e in quel periodo non c'erano state comunicazioni radio. Anche i manifestanti avevano la radio per comunicare, perché non erano stati contattati loro invece di Ranger? Un messaggio regolare di sicuro li avrebbe raggiunti direttamente. Ranger sembrava una scelta insolita per affidare un messaggio personale diretto a persone che lui disprezzava.

Secondo il racconto di Ed, Ranger sapeva il motivo del viaggio dei Kimmel, eppure non ne aveva fatto cenno sulla scena dell'incidente o dopo. Cosa ancora più importante, il messaggio che aveva portato era l'unico motivo per cui la coppia si era trovata su quella discesa in quel momento. Aveva mentito per omissione e questo le faceva sospettare che fosse coinvolto. La tragedia sembrava essere sempre meno un incidente.

CAPITOLO 9

Ed Lavine aveva trascorso tutti i suoi cinquantasette anni a Paradise Peaks. Non poteva ricordare una valanga delle dimensioni che Kat aveva descritto. Nemmeno tante valanghe in un così breve periodo di tempo.

"Abbiamo visto slavine minori su quel pendio, ma niente di simile." Si intristì. "Il percorso normale di Elke e Fritz non avrebbe mai attraversato quella cresta. Ma con il sentiero bloccato e l'emergenza della figlia, non avevano scelta."

Kat si sentì giustificata. Finalmente qualcun altro concordava che le circostanze della morte dei Kimmel erano sospette. Dopo tutto era valsa la pena di fermarsi al blocco.

"Quando ha portato Ranger il messaggio sulla figlia?"

Ed corrugò la fronte. "Forse a metà mattina, direi tra le dieci e le undici? Non ho controllato l'ora." Appoggiò un coperchio di metallo sul barile per spegnere il fuoco rimanente. "Ora che ci penso, avrebbe potuto dare un passaggio a Elke e Fritz, dato che andava nella loro direzione. Invece si è semplicemente fiondato via come se stesse bruciando."

"In caso di emergenza ti saresti aspettato un passaggio." Ranger l'aveva lasciata alle dieci circa. Se la memoria di Ed era precisa, poteva essersi diretto al blocco quasi immediatamente dopo averla fatta scendere dalla motoslitta. Poteva essere arrivato lì dopo una decina di minuti. Questo lasciava un periodo di tempo molto breve perché lui potesse ricevere e consegnare il messaggio dell'emergenza ai Kimmel.

La preoccupava il fatto che i Kimmel fossero davanti al lei sul sentiero. Certo, lei aveva girato intorno al lago diverse volte ma potevano essere al massimo venti minuti. Il blocco era almeno a un'ora di cammino dal luogo della valanga. In qualche modo gli orari non coincidevano.

"Che genere di emergenza?"

"Un litigio nei boschi, al confine della proprietà dei Kimmel. Qualcuno aveva sparato a Helen, la figlia."

"Vuoi dire, di proposito?" Cecchini oltre alle valanghe? Paradise Peaks era molto più pericolosa di quello che il nome faceva pensare.

Ed annuì. "Ranger all'inizio pensava che si trattasse di un cacciatore poco attento, ma Helen gli disse che erano due tizi dell'altro gruppo di protesta. Erano diretti verso la casa con i fucili spianati."

"Tu ne hai parlato con Helen?"

"No, ma una coppia di amici di Elke ora sono con lei. La loro proprietà è piuttosto isolata; ci si arriva solo a piedi. Ranger deve averlo sentito alla radio."

Non c'era da stupirsi se i Kimmel avevano preso la scorciatoia. Questo spiegava anche perché Elke portava il fucile. "Qui voi non avete una radio?"

"La maggior parte di noi ce l'ha, ma nessuno ha sentito niente."

Né gli spari né la radio. "Ma Ranger ha sentito entrambi. Di certo ci sono tanti fucili da queste parti."

"Questo posto è isolato. Non si è mai troppo attenti." Ed strinse gli occhi. "Per fortuna Helen era armata. Ha sparato anche lei."

"E voi non avete sentito niente?" Il blocco, la proprietà dei

Kimmel e il pendio erano tutti contenuti in un raggio di tre km quadrati. Era silenzioso, non c'erano altro che gli alberi a propagare gli spari. Perché non li avevano sentiti?

"Hai ragione. Avrei dovuto sentirli. Il suono viaggia per chilometri da queste parti."

"C'è un'altra cosa che non riesco ancora a capire. Voi e l'altro gruppo protestate entrambi per il bacino di decantazione, eppure siete nemici. Non sono ambientalisti, proprio come voi?"

Ed scosse la testa. "Quella è una parola cittadina."

"Eh?"

"Quelli che tu definisci ambientalisti. Proteggere il paesaggio per noi è naturale. Non abbiamo bisogno di una parola per dirlo. Quando è venuta la gente dalla città e gli ha dato un nome, sapevamo che cominciavano i problemi. Parlano di proteggere l'ambiente ma vengono qua con i loro SUV che sputano gas e mantengono il loro stile di vita di sprechi."

"Noi viviamo qui e loro no, per prima cosa. Noi vogliamo semplicemente che l'acqua ritorni potabile. Loro pretendono di salvare l'ambiente ma vogliono anche delle foto per fare pubblicità e cercare donazioni. Hanno cambiato nome alle cose. Great Bear Forest è un nome uscito dalla loro macchina del marketing. Tra un po' cambieranno anche le mappe."

Ed sollevò il coperchio del barile. Il fuoco era completamente spento. "Ce n'erano un sacco quest'estate, ora non sono più tanti. Fanno delle cose di notte ma noi non li vediamo."

"Come il sentiero bloccato?" Il sentiero che aveva fermato lei e Ranger quella mattina aveva anche impedito ai Kimmel di tornare a casa secondo la solita strada. La loro unica scelta era stata di attraversare la discesa.

Ed annuì. "Le cose stanno sfuggendo di mano."

"Cos'è successo a Helen?"

"Eh? Ah, niente. Gli uomini se ne sono andati non appena lei ha sparato." Ed prese le chiavi dalla tasca e si diresse al furgoncino. Kat non aveva notato la motoslitta sul retro del furgone fino a quel momento. "Penso che andrò su quel crinale a dare un'occhiata di persona."

"Puoi fare delle foto?"

Lui sembrò non capire.

"Possiamo fare in modo che degli esperti ricostruiscano la slavina e capiscano cosa l'ha provocata." Frugò in tasca e gli porse un biglietto da visita. "Fai tante foto e mandamele." Era un colpo di fortuna, anche se lei non era del tutto sicura di aver conquistato la sua fiducia.

Lui si girò verso il furgoncino e aprì il portello posteriore.

"Aspetta... Come faccio ad arrivare alla miniera?" Grossi fiocchi di neve umida cadendo le coprivano le spalle. Li spazzolò via ascoltando le istruzioni di Ed.

"Perché vuoi andarci? È chiusa." Ed strizzò gli occhi.

"Voglio vederla di persona, soprattutto il bacino di decantazione." Dato che Ed andava a controllare la discesa e le tracce di motoslitta, Kat aveva del tempo in più. Anche con una deviazione alla Regal Gold Mine, sarebbe comunque potuta tornare al cottage molto prima di Jace. La miniera era da qualche parte nei dintorni; lei non sapeva esattamente dove. "Come ci arrivo?"

"Vai dritto per circa un chilometro e mezzo finché arrivi a un bivio." Indicò la strada in direzione dello chalet. "Invece di andare a sinistra verso la proprietà di Batchelor, prendi a destra. Mi sorprende che non l'hai vista. È proprio attaccata al suo terreno. Proprio una piccola deviazione sulla strada del ritorno."

Dennis ovviamente aveva cercato di non fargliela vedere. Questo spiegava il lungo percorso di un'ora lungo il quale l'aveva portata Ranger con la motoslitta, mentre sarebbe potuta arrivare allo stesso posto con un'ora di cammino. Era un modo di aggirare il posto per evitare che lei vedesse la miniera. Altrimenti magari avrebbe voluto controllare. O forse fare domande a cui nessuno voleva rispondere. Questa idea riuscì solo ad aumentare il suo desiderio di esplorare la zona. Ora aveva un'opportunità perfetta per controllare la miniera senza che nessuno la disturbasse.

Ringraziò Ed e se ne andò. La luce pomeridiana era sbiadita in un grigio pallido. Gli alberi lungo la strada lanciavano ombre minacciose sulla superficie coperta di neve. Kat rabbrividì, chiedendosi dove fossero gli altri manifestanti in quel momento.

Dieci minuti dopo e raggiunse il bivio, confermato ulteriormente dalla recinzione della proprietà di Batchelor.

Il desiderio di quell'uomo di costruire una strada era quasi certamente scaturito da qualcosa di ben diverso dalla bontà. La costruzione della strada implicava che lui avesse intenzione di fermarsi. Ma sarebbe stato contento di bere acqua in bottiglia a tempo indeterminato? I miliardari non erano proprio i tipi da accettare compromessi e Batchelor non era diverso dagli altri. Decisamente c'era qualcosa che non andava.

CAPITOLO 10

*K*at percorse la strada a fatica, con la neve che le vorticava intorno. I fiocchi ricoprivano il terreno come zucchero su una torta e le punte degli alberi erano già coperte di bianco. Era circondata da un magico paese invernale: sembrava impossibile che questa scena potesse coesistere con una miniera inquinata a pochi minuti di distanza lungo la strada. Il Natale a Vancouver non era mai stato così.

La strada serpeggiava intorno alla montagna mentre saliva. Le nuvole basse oscuravano l'altipiano, limitando la visibilità del percorso. Kat si fermò per togliere la neve umida che si era attaccata sotto gli scarponi. Pestò i piedi rendendosi conto che Ranger non aveva spiegato come mai i manifestanti ritenevano Batchelor responsabile del disastro alla miniera. Anche Elke era stata parca di dettagli. Probabilmente Batchelor non era considerato responsabile semplicemente perché era una persona di rilievo; dovevano esserci altri particolari e la costruzione della strada in qualche modo c'entrava.

Fritz aveva parlato della strada. L'insinuazione di Ranger che i Kimmel coltivassero marijuana e si preoccupassero del fatto che una via d'accesso più agevole avrebbe interferito con le loro attività criminali sembrava ridicola. Chiunque avrebbe potuto coltivare l'erba, ma lei dubitava che una coppia anziana potesse essere coinvolta con le droghe. Quel genere di coltivazioni era tipicamente da giovani.

Tornò a concentrarsi sulla miniera quando raggiunse la biforcazione. Prese a destra, secondo le indicazioni di Ed. Il percorso era parallelo a una via d'acqua. Probabilmente si trattava di Prospector's Creek, sorgente dell'acqua potabile per i locali e destinatario sfortunato dell'inquinamento proveniente dal guasto del bacino di decantazione.

Prospector's Creek era più un fiume che un torrente. Come tutto il resto in questa regione selvaggia, era fuori misura. Era troppo largo per gelare e anche in inverno scorreva veloce, difficile da superare anche da parte dei più determinati. Sul lato opposto lungo il torrente c'era una recinzione. Era tutt'altro che necessaria dato che l'acqua costituiva già di per sé una barriera naturale. Si rese conto che doveva essere la proprietà di Batchelor. Kat continuò a seguire il corso del torrente senza vedere alcun segno della miniera. In quel punto la spessa copertura degli alberi forniva un riparo dalla nevicata e sul terreno si vedevano terra e radici. Qui non c'era possibilità di valanghe.

L'oscurità nella foresta la fece rallentare. Il meraviglioso paesaggio invernale di qualche momento prima si era trasformato in una scena inquietante uscita da una favola dei fratelli Grimm. Immaginò di essere osservata da occhi non visti, anche se era una cosa ridicola. Semplicemente non era abituata a un tale silenzio e solitudine per riuscire ad apprezzare la naturale bellezza intorno a lei. Una cosa piuttosto triste rispetto al suo mondo sempre connesso e multitasking. C'era voluto un disastro ambientale perché lei ci ripensasse due volte.

Camminò per un'altra trentina di minuti e stava per tornare indietro quando la vide. Un'altra recinzione correva perpendicolare al fiume, attraversandolo. Un piccolo cartello sbiadito con la scritta 'vietato entrare' era inchiodato alla recinzione e indicava il confine inferiore della proprietà mineraria.

Kat si arrampicò sulla recinzione e seguì il fiume. Qualche minuto dopo uscì dalla foresta in un terreno aperto. A meno di cinque metri da lei si trovava un edificio di legno decrepito e vicino ad esso un parcheggio. Un vecchio modello di furgoncino Ford F 150 bianco scalcinato era fermo nel parcheggio. Lei osservò la zona e notò il pozzo d'ingresso della miniera all'estremità più lontana della proprietà. Un'insegna rovinata sull'entrata dell'edificio recitava *Regal Gold Mine*. Tracce fresche di pneumatici nella neve indicavano che il furgone era arrivato da poco.

A parte il furgoncino, il sito della miniera era privo di attività. Confermava l'affermazione di Fritz che la miniera era chiusa. Il furgone probabilmente era di una guardia di sicurezza.

Nella luce calante era impossibile vedere se ci fosse qualcuno al posto di guida, così Kat rimase nella foresta in attesa di qualche segno di vita. Quando fu sicura che non ci fosse nessuno vicino, si avvicinò piano al retro dell'edificio, fuori dalla visuale del parcheggio.

Rimase a guardare per alcuni minuti prima di avvicinarsi, ansiosa di dare un'occhiata da vicino. Il bacino di decantazione doveva essere da qualche parte nei pressi. Mentre si faceva strada lentamente lungo l'edificio un secondo veicolo si fermò nel parcheggio. Kat si accucciò per non farsi vedere.

La portiera del secondo veicolo si aprì e si richiuse con un colpo. Era impossibile vedere qualcosa dal punto in cui era nascosta: doveva affidarsi alle orecchie. Un rumore di passi crepitò sulla neve mentre qualcuno si avvicinava.

"Abbiamo risolto il problema."

Kat trattenne il respiro quando riconobbe la voce di Ranger.

"Forse," rispose l'uomo sconosciuto. "Lo fai sembrare come se fosse ovvio. Ne parlano tutti."

Chi erano loro? Il problema era la valanga? Non era al corrente di nient'altro con cui i locali potessero avere un problema. Kat si spinse un po' in avanti e sbirciò oltre l'angolo dell'edificio per identificare il secondo uomo ma lo vide solamente di schiena mentre entrava nell'edificio. Doveva essere stato nel furgone parcheggiato. L'aveva vista? Probabilmente no, altrimenti ne avrebbe parlato a Ranger.

La costruzione sembrava essere un grande capannone o un laboratorio, probabilmente era il posto in cui l'attrezzatura veniva messa via e conservata. Doveva essere un edificio secondario oppure l'intera operazione era piuttosto piccola. Si era aspettata di vedere qualcosa di più imponente.

L'occhiata di una frazione di secondo che aveva lanciato alla schiena dell'estraneo non era sufficiente a valutare la sua altezza, dato che l'ampia porta era alta almeno quattro metri e mezzo. Il giaccone invernale imbottito rendeva difficile anche capire quanto era grosso. In breve, non l'avrebbe riconosciuto senza uno sguardo più approfondito. Probabilmente Ranger era già all'interno dato che non lo vedeva da nessuna parte.

Maledizione.

Non riusciva a sentire una parola stando all'esterno. Valutò se sgusciare all'interno o almeno più vicino per sentire qualcosa. No. Sarebbe stato troppo rischioso. In ogni caso, che cosa stava facendo lì? E, cosa più importante, cosa stava facendo Ranger?

D'altra parte, qualunque cosa stessero discutendo non erano affari suoi.

O forse sì.

Fritz e Elke avevano espresso la loro preoccupazione riguardo la miniera proprio appena prima della loro morte prematura, incolpandola dell'acqua potabile inquinata.

Batchelor aveva indicato una condotta dell'acqua rotta come motivo per il fatto che beveva acqua in bottiglia. Di certo lo chalet di Batchelor prendeva l'acqua dalla stessa fonte inquinata dei Kimmel. Se era così, Batchelor aveva mentito. Mentire riguardo al motivo per cui l'acqua non era potabile lo rendeva responsabile, in ogni caso. Era comprensibile il motivo per cui non avesse voluto dire ai suoi ospiti che l'acqua del luogo era avvelenata. Non avrebbe fatto una buona impressione per un famoso ambientalista e avrebbe provocato ogni sorta di domande. Domande che lui avrebbe voluto evitare del tutto.

Kat si avvicinò un poco, rimanendo sul fianco dell'edificio. Si nascose in un punto dal quale poteva vedere il parcheggio. E la schiena degli uomini quando fossero usciti. Sempre che intendessero ritornare ai loro veicoli parcheggiati sul lato opposto dell'area.

Supponendo che il problema fosse la miniera, perché i Kimmel avevano indirizzato la loro rabbia verso Batchelor oltre che verso la Regal Gold? Sapevano qualcosa che lei non sapeva?

Kat fece un salto sentendo un rumore di spari. Venivano da qualche parte a ovest, verso l'estremità opposta della proprietà. Il suo cuore accelerò. Non sarebbe mai dovuta andare lì.

Corse rapidamente dietro all'edificio e trattenne il respiro, aspettando che gli uomini schizzassero fuori da un momento all'altro.

Non lo fecero. Gli spari erano un fatto comune o se li erano aspettati. Probabilmente c'erano dei cacciatori nella zona e la mancanza di preoccupazione da parte di Ranger e del suo compagno rinforzava questa teoria. Indipendentemente da quello, lei non aveva motivo di trovarsi lì e probabilmente avrebbe fatto meglio a svignarsela finché poteva.

Si girò per andarsene ma sentì le voci degli uomini aumentare di volume. Rimase nascosta e fece un respiro profondo.

La porta si spalancò di colpo, urtando il rivestimento esterno. I passi scrocchiarono sulla neve mentre i due attraversavano il parcheggio. Discutevano di qualcosa ma in quel momento erano troppo distanti perché si potesse sentire. Kat si avvicinò in punta di piedi, attenta a non fare rumore. Bastava uno straccio di conversazione per aiutarla a capire cosa stessero facendo.

Il tono di voce dei due uomini aumentò ancora.

"Zittirli è una soluzione temporanea, Burt. Devi risolvere il problema una volta per tutte. Se il capo riceve una soffiata, vorrà la mia testa." Ranger si precipitò verso il suo Landcruiser.

Zittire chi? Ed e gli altri manifestanti? Cosa o chi dovesse essere risolto era un mistero.

Ranger aprì la porta del suo SUV e poi si girò verso il tizio di nome Burt. "Risolvi il dannato problema dell'acqua o sarai il prossimo."

Si trattava davvero dell'acqua. Il misterioso Burt aveva qualcosa a che fare con la scomparsa dei Kimmel? Se Burt doveva essere il prossimo, come Ranger aveva minacciato, chi era stato il primo? I Kimmel?

"Vedrò cosa posso fare." L'uomo di nome Burt finalmente fu visibile.

Aveva poco più di quarant'anni, basso ma muscoloso, la carnagione rossa e la barba rossa incolta. La testa era coperta da un berretto di lana. Aveva una sigaretta in una mano un fucile nell'altra. Perché questa gente era così fissata con le armi?

Era lo stesso uomo che aveva discusso con Ranger prima.

Finalmente se ne andarono entrambi. Kat rimase ferma per altri dieci minuti dopo che il rumore delle auto fu svanito nel silenzio. Quando fu sicura che non ci fosse nessuno intorno, si avventurò nel cortile.

La miniera era chiaramente abbandonata. Erbacce, ora morte per il gelo, erano spuntate tra le attrezzature. Supponendo che le erbacce fossero cresciute in estate, la loro presenza indicava diversi mesi di inattività. Avrebbe potuto avere una prova dei fatti più tardi, allo chalet. Per il momento si concentrò sull'esplorazione del luogo. Poteva essere la sua unica opportunità di essere da sola e non disturbata. La porta del garage era chiusa con un chiavistello ma il lucchetto era aperto. Lo tolse e aprì la porta. All'interno dell'edificio trovò attrezzature per la movimentazione arrugginite e poco altro. La sorprese il fatto che la miniera fosse stata in attività fino a poco tempo prima, dato che l'attrezzatura sembrava di un'altra epoca, vecchia, decrepita e arrugginita.

Eppure la Regal Gold Mine era stata attiva appena prima della rottura del bacino di decantazione un paio d'anni prima. Non c'era da sorprendersi che una società che inquinava l'acqua potabile e rifiutava di ripulirla non volesse spendere soldi per attrezzature decenti. Tutti i soldi risparmiati dalle spese in conto capitale andavano direttamente sui profitti della società.

Dentro non c'era niente da vedere.

Si girò per andarsene e si fermò di colpo. Decine di cassette di legno erano ammucchiate su pallet contro il muro della porta d'ingresso. C'era passata proprio vicino senza neanche accorgersene.

Le casse sembravano un'aggiunta recente, dato che non erano coperte di polvere o di sporco. Si avvicinò. Una scritta in rosso su una cassa diceva: *Esplosivi Powershot, forniture di prodotti minerari, estrattivi e materiali da costruzione di qualità dal 1959.*

Dinamite. La dinamite era utilizzata nelle attività minerarie ma questa miniera era stata messa in naftalina anni prima. Mentre queste casse sembravano nuove. Le casse portavano il peso e la data di produzione. La maggior parte delle date erano di meno di un anno prima, strano per una miniera in disuso con attrezzatura arrugginita e inutilizzata. O quel capannone veniva usato come magazzino oppure qualcuno aveva nuovi progetti per la miniera. Lei sospettava che fosse la seconda. Di sicuro la dinamite e altre forniture erano tra le ultime cose da acquistare per far ripartire l'attività.

Dato che in un'area rurale come quella non mancavano di certo i magazzini, qualcuno aveva nascosto intenzionalmente lì quegli scatoloni. Isolato o no, immagazzinare una tale quantità di dinamite in un edificio che non era chiuso a chiave sembrava decisamente negligente. Un fiammifero o una sigaretta buttati con noncuranza avrebbero fatto esplodere il posto in pochi minuti. Bambini, ragazzi, chiunque sarebbe potuto entrare nell'edificio lasciato senza chiusura. Rabbrividì al pensiero mentre scattava alcune foto con la sua macchina fotografica.

Kat uscì dall'edificio e percorse l'esterno del parcheggio alla ricerca del bacino di decantazione. Ben presto vide la fonte del problema. Dato il nome, si era aspettata di trovarsi di fronte realmente un bacino. Era in realtà un piccolo lago, almeno un chilometro di diametro. Un alto argine artificiale tratteneva l'acqua e da una parte si era formata un'ampia crepa. Non era difficile capire come mai, considerato l'alto livello dell'acqua e il considerevole volume che minacciava di rompere quello che restava del muro.

La proprietà dei Kimmel era proprio sotto il sito della miniera e sarebbe stata colpita direttamente se l'intero bacino fosse collassato. Prospector's Creek sarebbe facilmente esondato con quel volume d'acqua tutto in una volta. Anche la proprietà di Batchelor era a rischio ma in misura minore.

I bacini di decantazione servivano a raccogliere i residui contaminati del processo di estrazione mineraria. Tra le altre cose, contenevano le sostanze chimiche utilizzate e i resti minerali dopo l'estrazione di oro e rame. Se progettato in maniera corretta, il bacino avrebbe contenuto quei residui per anni dopo la chiusura della miniera, a meno che non fosse fisicamente compromesso. In questo caso, il risultato non era stato raggiunto.

Perché il contenuto del bacino raggiungesse quel livello dovevano esserci voluti anni di attività. I gestori dovevano aver avuto tempo sufficiente per aumentarne le dimensioni o costruire un altro bacino prima che quello utilizzato raggiungesse il massimo della capacità. Invece avevano deciso di mantenere bassi i costi e massimizzare i profitti. Se si fosse pensato al livello dell'acqua del bacino, il disastro ambientale davanti a lei sarebbe stato completamente evitato.

Un rivolo d'acqua mezzo congelato scorreva sul muro rotto che circondava il bacino, come una scura e ondulata cicatrice che finiva direttamente nel Prospector's Creek. Si avvicinò per guardare meglio. Cumuli di pesci morti mezzi marciti erano accumulati sulla riva del torrente, conservati dal gelo. Ebbe un conato di vomito e si girò dall'altra parte.

Anche con un costoso risanamento, ci sarebbero voluti anni

prima che l'acqua fosse stata di nuovo potabile, ma la pulizia non era nemmeno iniziata. C'era un altro motivo per cui non si stava risolvendo il problema? Mantenere alto il grado di frustrazione della gente in modo che vendessero le proprietà e se ne andassero. Qualunque fosse il motivo, era un periodo davvero lungo da trascorrere senza poter bere l'acqua.

Sembrava una lotta preparata ad hoc per il vecchio ambientalista. Vicino a casa, riguardava l'acqua e l'ambiente in un territorio incontaminato. Perché Batchelor non aveva fatto suonare l'allarme? Se non altro avrebbe dovuto essere allineato con i Kimmel. E invece aveva dovuto combatterli. Non aveva senso.

Kat estrasse la macchina fotografica e scattò delle foto da mostrare a Jace.

"Ferma." La voce dell'uomo era delicata ma decisa. Dei rametti scricchiolarono sotto i suoi piedi mentre emergeva dalla boscaglia. "Metti via quella cosa. Qua non si possono fare foto."

Kat si girò e vide un uomo anziano, gli occhi azzurro chiaro puntati su di lei, così come il suo fucile.

L'uomo indossava un cappellino da baseball sbiadito con l'emblema di un quadrifoglio sul davanti. Una giacca da sci azzurra vecchia di decenni pendeva molle sul suo corpo magro, le maniche rovinate troppo corte di diversi centimetri per le sue braccia. Era anziano, almeno settant'anni. Il suo braccio tremava mentre puntava il fucile proprio su di lei. Il minimo movimento avrebbe potuto farlo sparare.

Lei alzò lentamente le mani. "Non spari. Sono solo una turista, sto dando un'occhiata intorno." Il cuore le batteva forte. A parte Ed, che in realtà era un estraneo, nessuno sapeva che lei era lì.

"No, non è vero. Non abbiamo turisti da queste parti. Chi sei davvero?"

Kat disse il suo nome. "Sto allo chalet di Dennis Batchelor." Da dove era sbucato quell'uomo? Gli unici veicoli nello spiazzo erano quelli di Ranger e Burt, e se n'erano andati entrambi. Era sola con un uomo che le puntava il fucile.

"È la verità?" La fissò sospettoso.

Kat gli restituì lo sguardo. Non erano affari suoi. Se si mostrava sicura, lui l'avrebbe lasciata andare. Perché non avrebbe dovuto?

L'uomo non sembrava avere intenzione di abbassare il fucile e i loro occhi rimasero a fissarsi, sfidandosi a vicenda.

Kat divenne impaziente. La gente da quelle parti non era molto accogliente. "Sì, è la verità. Chiamalo, te lo confermerà. Puoi abbassare quella cosa, per favore?"

"Se cancelli le fotografie che hai fatto forse lo farò."

"Perché dovrei? Sono solo paesaggi." Non era proprio vero, perché aveva scattato delle foto anche all'interno dell'edificio. "Non sto facendo niente di illegale."

Lui sembrò un po' incerto ma abbassò il fucile. "Diciamo che ti concedo il beneficio del dubbio. Cosa stai facendo qui?"

"Solo una passeggiata. Ho sentito che c'era una vecchia miniera d'oro qui su, sono venuta a vedere. È molto interessante. Mi piace questa roba vecchia."

Le spalle dell'uomo sembrarono rilassarsi. "Beh, faresti meglio ad andartene. Sono il guardiano della proprietà e non è permesso entrare. È una violazione."

"È strano, perché non ero l'unica qui. Due uomini se ne sono appena andati. Erano in quell'edificio là." Kat indicò l'edificio. L'uomo sembrava troppo anziano per presentare una vera minaccia in caso di combattimento. Ma in ogni caso, aveva un fucile. Dov'era quando Ranger e l'altro uomo erano lì?

"Oh?" La sua espressione era indecifrabile.

"Ranger e un altro uomo che non conosco." Lei osservò la sua reazione.

"Ranger?" L'espressione dell'uomo si scurì. "Lui non ha diritto di venire qui. Meglio che parli con Batchelor di questo. Voglio che sia tutto tranquillo per domani."

"Cosa c'è domani?"

"I manifestanti stanno organizzando un sit in proprio qui alla miniera."

Ed non ne aveva parlato. Sarebbe andato avanti anche senza Elke e Fritz? "E tu gli dai il permesso?"

Gli angoli della bocca dell'uomo si girarono verso l'alto in una specie di sorriso. O meglio, un sogghigno. Non era sicura.

Solo per il fatto che era la guardia di sicurezza e controllava la proprietà, non voleva dire che condividesse l'opinione della compagnia. Nelle piccole città era difficile trovare un lavoro. All'improvviso le venne in mente che forse anche lui era uno dei manifestanti. Era facile scegliere da che parte stare quando era coinvolta anche la tua acqua potabile.

Sapeva dell'incidente avvenuto ai Kimmel quella mattina? Valutò se chiederglielo ma decise di no. Di certo li conosceva. Tutti conoscevano tutti lassù. Se non aveva ancora sentito dell'incidente, lei non era la persona giusta per dirglielo. L'avrebbe scoperto abbastanza presto.

"Mi fai un favore?" Chiese Kat. "Non dire che mi hai vista qui. La gente è piuttosto sensibile riguardo questo posto."

"Come se non lo sapessi," disse l'uomo.

"Non ho capito il tuo nome," disse Kat. Magari avrebbe potuto fornirle qualche altra informazione sulla questione dell'acqua.

"Infatti." Piegò la testa indicando il sentiero. "Ora è meglio che tu vada se vuoi le tue foto, prima che cambi idea."

Kat non se lo fece dire due volte. Per quel giorno aveva visto abbastanza fucili.

CAPITOLO 11

Kat camminò più veloce che poté, senza mettersi a correre. Le sembrava di avere un bersaglio disegnato sulla schiena mentre si allontanava, ma forse era solo la sua immaginazione. Andò dritta al sentiero e al riparo della foresta. Non credeva che la guardia di sicurezza che le puntava il fucile avrebbe sparato davvero, ma non era il caso di tentare la sorte. Quel giorno lo aveva già fatto una volta.

Fece un sospiro di sollievo quando arrivò al limite dello spiazzo. Probabilmente non le avrebbe sparato anche perché il rumore avrebbe attirato attenzioni non desiderate. D'altra parte, i fucili in quel posto erano talmente utilizzati che forse nessuno ci avrebbe fatto caso.

Per complicare le cose, nessuno a parte Ed sapeva che lei era alla miniera. Senza testimoni, la guardia potrebbe averla fatta franca con l'omicidio. Ovviamente quello era un caso limite, ma lei era comunque entrata in una proprietà privata e gli aveva dato motivo di tirare il grilletto. E se fosse stato lui a sparare quei colpi che si erano sentiti poco prima? Ma soprattutto, i proiettili avevano raggiunto il loro obiettivo?

Dopo qualche metro sul sentiero, era completamente nascosta dal verde. Si guardò indietro e fu sollevata quando osservò che il parcheggio non era più in vista. Nemmeno l'uomo poteva più vederla. Si mise quasi a correre, muovendosi veloce per quanto le consentivano le radici scivolose e i rami sotto i piedi. Si buttò nel folto del bosco, ansiosa di mettere più distanza possibile tra lei e il guardiano.

Se effettivamente si trattava di un guardiano.

Non si era identificato come tale; lei aveva semplicemente supposto che lo fosse perché custodiva la miniera. Non indossava un'uniforme. Anche se era possibile che le guardie nelle zone più isolate si vestissero in borghese, dappertutto portavano comunque dei marchi identificativi, anche qualcosa di minore come il cappellino da baseball con il logo della società. Le guardie di sicurezza quasi sicuramente non indossavano vestiti trasandati e di taglia sbagliata. E di solito avevano un po' meno di settant'anni.

Non era più importante comunque, ora che era al sicuro lontano dalla miniera in meno di un'ora sarebbe stata di ritorno allo chalet. Era una cosa positiva, perché si stava avvicinando il crepuscolo. La foresta era silenziosa in modo inquietante e a tratti era difficile vedere il sentiero. Si era dimenticata che durante l'inverno il tramonto arrivava in fretta.

Qualche minuto dopo si trovò su un altro sentiero che deviava con un angolo di novanta gradi rispetto a quello che stava percorrendo. Sulla base dell'orientamento, sembrava un percorso più diretto verso lo chalet. Si chiese se fosse meglio scegliere la strada più lunga e sicura o tentare la sorte con la scorciatoia.

Alla fine scelse la scorciatoia. Ora la neve cadeva più abbondante e la temperatura si era abbassata. Era già più scuro rispetto a pochi momenti prima e probabilmente le restavano ancora quindici minuti circa di luce. La luce del crepuscolo non passava tra i rami degli alberi e lei aveva difficoltà a vedere a più di un paio di metri di distanza. Non riusciva più a correre; anche una camminata veloce era diventata difficile. La cosa più sensata era trovare il percorso più veloce verso la strada, dato che non conosceva bene la zona. Il secondo sentiero quasi certamente si dirigeva là, considerata la direzione. Avrebbe sempre potuto tornare sul sentiero originale quando avesse attraversato la strada.

Nonostante la folta vegetazione, si erano già accumulati sul sentiero alcuni centimetri di neve. Lei camminava veloce, il silenzio rotto solo dalla neve fresca che scrocchiava sotto i suoi passi. In un altro momento si sarebbe goduta la pace di quel luogo, che le sembrava terribilmente inquietante.

In meno di dieci minuti trovò un'apertura. La deviazione era stata una buona idea e aveva accorciato il suo percorso in maniera considerevole. Si diresse verso la strada, sollevata. Anche se sulla strada si era accumulata più neve rispetto al sentiero, era più facile camminare sull'asfalto che tra rocce e radici intrecciate.

Stava percorrendo la strada da meno di un minuto quando rimase di sasso.

Fermi a una cinquantina di metri davanti a lei c'erano Ranger e Burt, l'uomo che era con Ranger alla miniera. Stavano spostando delle scatole dal retro del Landcruiser di Ranger al furgoncino Ford F 150 di Burt.

Lei si gettò di nuovo nel folto, temendo di essere stata vista.

Non avrebbe dovuto preoccuparsi: gli uomini proseguirono in quello che stavano facendo, incuranti della sua presenza. Lei si avvicinò cautamente, pronta a nascondersi alla vista in un attimo.

Rimase senza fiato quando si rese conto che si trattava delle scatole di esplosivo del capanno della miniera. Gli esplosivi erano buoni per una cosa e solo quella: far esplodere le cose. Burt doveva aver caricato il suo furgoncino alla miniera poco prima che lei arrivasse. Le vennero i brividi al pensiero di quanto era stata vicina alla scoperta.

La guardia di sicurezza si era dimostrata sorpresa per la presenza di Ranger e Burt alla miniera ma forse mentiva. Dopo tutto, si era accorto di lei abbastanza facilmente. Ma perché mentire a lei, una sconosciuta di fuori città?

Era coinvolto anche il guardiano? Avrebbe spiegato la sua prontezza nel puntarle il fucile. D'altra parte, il suo disgusto nel sentire il nome di Ranger faceva pensare diversamente.

Si accucciò nella foresta, a meno di otto metri dal bordo della strada dove gli uomini stavano discutendo. La neve conferiva ad ogni cosa una qualità ovattata. Era contenta del silenzio e della mancanza di traffico. Le voci degli uomini nel silenzio arrivavano lontano. Se si fosse avvicinata l'avrebbero notata.

"È la tua ultima possibilità." Ranger sollevò le ultime due scatole dal suo furgone e le passò all'altro uomo. "Sarà meglio che tu ce la faccia questa volta."

L'uomo grugnì. Prese le scatole e le appoggiò nel retro del proprio furgone.

"Voglio dire, Burt. Questa volta vedi di essere in orario e assicurati che non ci sia nessuno intorno. Non possiamo attirare l'attenzione. Essere maldestri in quel modo lo rende difficile per tutti."

Difficile come? Far finta che la valanga fosse un incidente quando era stata provocata di proposito? Kat prese il cellulare e scattò una foto di Ranger e Burt che trasferivano le scatole.

"Sì, ho capito. Non l'ho mai vista qui." Burt si spolverò le mani sulla giacca e salì sul suo furgone. Abbassò il finestrino e si sporse. "Domani. Ti chiamerò quando è finita."

Peccato che lei non fosse riuscita a sentire l'inizio della conversazione.

"Vediamoci di nuovo qui a mezzogiorno."

"Okay, ma se non ci sono ritardi imprevisti o complicazioni."

"Maledizione, Burt. Devi assicurarti che non ci siano complicazioni. Fai tutto per bene questa volta, non ci sono scuse. Non posso proteggerti ancora, devi farcela." Ranger si girò e si diresse verso il suo veicolo.

Il furgone di Burt all'improvviso partì e si diresse verso di lei. Lei si infilò ancora di più nel folto per evitare di essere vista.

Il Landcruiser di Ranger seguì meno di un minuto dopo.

Kat attese finché entrambi i veicoli furono spariti dopo la curva della strada. Quando fu sicura che si fossero allontanati, uscì dal suo nascondiglio. Mentre risaliva la strada, le venne un'illuminazione. Il riferimento di Ranger a un testimone: si trattava di lei. Lei era presente quando c'era stata la valanga quella mattina.

Per tutto quel tempo si era preoccupata delle tracce di motoslitta ma per i motivi sbagliati. La motoslitta era sicuramente un elemento, ma ora Kat sospettava che fosse stata utilizzata per trasportare la dinamite e chi aveva messo la carica. L'esplosione che aveva fatto partire la valanga era stata provocata dall'uomo. Era stato Burt? Forse lui e Ranger si erano visti prima dell'incidente. Questo poteva spiegare perché Ranger fosse stato in ritardo all'appuntamento.

Grandi fiocchi di neve ora le svolazzavano intorno e lei accelerò il passo. La sua piccola torcia illuminava solo un metro davanti a lei, limitando decisamente la sua avanzata. Riusciva a malapena a vedere. La tempesta si era materializzata dal nulla in pochi minuti.

Rabbrividì e si rese conto di essere in ritardo. Ormai Jace doveva aver finito la sua sessione con Dennis. Se fosse rientrato al cottage l'avrebbe trovato vuoto. Data l'oscurità, sarebbe stato estremamente preoccupato per dove lei si trovasse. Non c'era copertura per il cellulare e lei non aveva modo di avvisarlo.

La tempesta si era intensificata ed era ormai una bufera. Addio all'esplorazione della discesa il giorno seguente. Sperava solo che Ed avesse mantenuto la promessa e avesse scattato foto delle tracce della motoslitta prima che le prove fossero cancellate per sempre. Ora l'oscurità era completa e lei era stanca e aveva freddo. Allontanò i fiocchi di neve che si attaccavano alle ciglia e alle guance scoperte.

I suoi pensieri tornarono alla valanga del giorno prima. I commenti di Ranger non facevano altro che confermare il suo coinvolgimento. C'era anche la dinamite. Qualunque cosa quegli uomini avessero in mente, andavano fermati. Non c'era molto tempo se il loro progetto era agire prima di mezzogiorno del giorno seguente. Sfortunatamente lei non aveva idea di dove dovessero agire, aveva capito solo che dovevano far esplodere qualcosa entro mezzogiorno.

Il tempo era fondamentale se doveva fermarli.

Ranger e Burt probabilmente avevano come obiettivo il sit in organizzato alla miniera. A posteriori era evidente, dato che la maggior parte dei manifestanti si sarebbe trovata lì. Gli uomini avrebbero potuto facilmente far scattare una trappola in un posto così isolato.

Ma Ranger e Burt non avevano portato gli esplosivi alla miniera; li avevano portati via. Questo faceva supporre che la loro azione si sarebbe dovuta svolgere da un'altra parte. Dato che la miniera era inattiva ormai da alcuni anni, i manifestanti non avrebbero guadagnato nulla nel farla esplodere. In effetti avrebbero invece rischiato un'altra rottura nel bacino di decantazione. Semplicemente non avrebbero avuto motivi per danneggiare ulteriormente il sito che era all'origine dei loro problemi.

D'altra parte lei non aveva dubbi che i manifestanti fossero quasi certamente l'obiettivo del sabotaggio del giorno seguente. Ogni indagine avrebbe portato direttamente ai loro detrattori, compreso Ranger. A differenza della valanga, non poteva essere mascherato da incidente. A meno che, ovviamente, Ranger e Burt non avessero organizzato in quel modo.

Se non era al sito della miniera, dove? Al blocco dei manifestanti? Dovevano vedersi da qualche parte prima del sit in e il blocco era un posto logico. Ma quello era semplicemente un punto sulla strada. A parte interrompere l'unica strada che portava alla proprietà di Batchelor, gli esplosivi sarebbero stati notati subito.

Tornò a concentrarsi sulla miniera perché restava comunque il posto più logico dove attaccarli. I manifestanti sarebbero stati lì di sicuro in qualche momento e il posto era abbastanza isolato per preparare una trappola. Sarebbero stati una preda facile; tuttavia, il sabotaggio sarebbe stato ovvio. C'erano modi migliori di cavarsela con un omicidio.

A meno che gli uomini non volessero farlo sembrare come se i colpevoli fossero i manifestanti stessi.

La morte dei Kimmel era stata organizzata per sembrare una valanga. Un incidente. Il secondo attacco sarebbe stato pianificato e costruito nello stesso modo.

In un attimo ebbe la sua risposta. Burt e Ranger dovevano aver portato via alcuni esplosivi per incastrare i manifestanti. Semplicemente dovevano mettere le prove nelle case di uno o più manifestanti. Una scorta di esplosivi avrebbe implicato che erano stati loro a organizzare l'esplosione alla miniera. Sarebbe stato difficile controbattere l'evidenza fisica.

Se Ranger e Burt avessero provocato un'esplosione nei pressi del sit in, sarebbe sembrato opera degli stessi manifestanti. Un terribile incidente in cui inavvertitamente loro stessi sarebbero rimasti coinvolti nel processo di distruzione della miniera. Era un po' campato in aria ma certamente sembrava plausibile.

Era così assorta dai suoi pensieri che non si accorse della recinzione della proprietà di Batchelor finché non fu a pochi metri. Sospirò di sollievo. Finalmente avrebbe potuto sfuggire al freddo. Accelerò il passo e seguì la recinzione fino al vialetto.

L'oscurità che l'aveva circondata in quel momento era un vantaggio. Kat tagliò la proprietà sotto la salita per non essere vista. Percorse con difficoltà il vialetto ora coperto da una spessa coltre di neve. Attraversò la collina in diagonale e sorrise quando vide lo chalet. Le luci all'esterno proiettavano una luce calda sugli edifici e i terreni, riflettendosi sulla neve.

Fu sorpresa di vedere un elicottero parcheggiato nell'angolo più lontano della distesa di asfalto. Ripensandoci si rese conto che l'area di parcheggio quadrata più lontana in effetti era un eliporto. Sarebbe stato difficile far volare l'elicottero considerato il tempo inclemente.

Ovviamente Batchelor aveva nuovi ospiti. Strano che non ne

avesse parlato e la posizione isolata dello chalet non lo rendeva propriamente adatto alle visite a sorpresa. Considerato il clima, dovevano essere arrivati ore prima, poco dopo che lei se n'era andata.

Si affrettò verso il cottage, ansiosa di raccontare a Jace le sue scoperte e scoprire di più sugli ospiti inattesi. Batchelor era pieno di sorprese. E come lei aveva di recente scoperto, non erano tutte buone.

CAPITOLO 12

Kat si tolse i guanti e rovistò in tasca per cercare le chiavi. Nonostante i guanti, le sue dita erano irrigidite dal freddo e riuscì con difficoltà a girare la chiave nella serratura. Infine l'aprì. Pestò i piedi per togliere la neve dalle suole degli scarponi.

Tutto quello a cui riusciva a pensare era un bagno caldo e una bella dormita. Sentì una ventata di aria calda quando aprì la porta. "Jace?"

"Dove sei stata?" Jace percorse il pavimento a grandi passi, il volto rosso di rabbia. "Stavo per andare a chiedere aiuto."

Evviva il caloroso benvenuto, anche se non poteva biasimarlo per essere arrabbiato. Perché non aveva lasciato un biglietto? "Mi dispiace. Pensavo di fare una breve passeggiata. Temo di essermi lasciata prendere."

"Non puoi semplicemente andartene in questo modo, Kat. Non avevo idea nemmeno di dove venirti a cercare. Ero preoccupato da morire." Jace si diresse davanti alla finestra. La neve era tanto intensa che la vallata era completamente al buio.

"Ero sicura che sarei tornata prima di te." Non voleva trascorrere il poco tempo che avevano a disposizione discutendo. Quasi si pentì addirittura di aver partecipato a quel viaggio. Si vedevano a malapena e, quando succedeva, litigavano. "Oltretutto, non avevo la possibilità di chiamarti."

"Non è questo il punto. Se ti fossi persa o fatta male? Nessuno avrebbe saputo dove trovarti."

Kat provò una fitta di rabbia, poi ripensò al confronto con la guardia di sicurezza armata. La situazione avrebbe potuto facilmente peggiorare. "Hai ragione. Non avrei dovuto andarmene senza dirtelo. Solo che non volevo Ranger intorno. Non voglio che lui pianifichi ogni mia singola mossa." Kat si strinse le braccia intorno alla vita. "Quel tizio mi fa venire i brividi."

Jace fece un passo indietro. "Nemmeno a me piace molto ma almeno con lui sei al sicuro. Lì fuori è pericoloso con la valanga e tutto il resto."

"Non sono così sicura." Considerando la sua scoperta, era vero l'esatto opposto. "Ranger non è quello che tu pensi. È lui quello pericoloso, non i manifestanti. Capisco perché a loro non piace."

Prese la macchina fotografica e fece scorrere le foto. Quelle scattate alla miniera erano scure e sotto esposte ma era comunque evidente che la miniera era decrepita e trascurata. Fece scorrere in avanti finché raggiunse quella scattata a Ranger e Burt sulla strada. Era perfettamente inquadrata e si vedeva Ranger che passava una scatola a Burt. Si riusciva anche a leggere la scritta sulla scatola.

"Guarda questa." Passò la macchina a Jace. "Queste sono scatole di dinamite."

"Perché hanno bisogno di esplosivi?" Jace strizzò gli occhi tenendo la macchina fotografica verso la luce.

"Per far esplodere cose, ovviamente. La dinamite ha molti usi. Può anche provocare valanghe."

Lui scosse la testa. "Nelle miniere si usano gli esplosivi. Non c'è niente di inquietante."

"Jace, la miniera è chiusa da anni." Picchiò col dito sul vetro della macchina fotografica. "Queste scatole sono nuove."

"Non penserai che Ranger…"

"Non so cosa pensare." Raccontò del suo incontro con Ed al blocco e degli stralci di conversazione che aveva sentito. "È Ranger quello di cui dovremmo avere paura. E forse anche Dennis. Sono sicura che in qualche modo è coinvolto." Gli parlò anche dei progetti di sabotaggio di Ranger e Burt per il giorno dopo.

"Non mi importa di nessuno di loro, ma questo sembra incredibile. Sei sicura di aver sentito bene?"

Lei annuì. "Qualunque cosa stiano progettando deve succedere domani mattina. Ma non so ancora di cosa si tratta. Si sono già liberati dei Kimmel. Ora potrebbero ridurre al silenzio Ed e gli altri manifestanti. Dobbiamo fermarli."

"È una follia. Non possono semplicemente andarsene in giro a far esplodere la gente e passarla liscia."

"A meno che non sembri un nuovo incidente. Come la valanga."

Jace scosse la testa. "Ma perché? Cosa ci guadagnano?"

"Non lo so ancora ma qualcosa ci deve essere. Di una cosa sono sicura: se sembra abbastanza realistico, non ci saranno indagini. I Kimmel sono un caso esemplare. La polizia non è nemmeno andata sul posto. La squadra di ricerca e soccorso gli ha detto che si è trattato di un incidente e il caso è chiuso. O addirittura non è mai stato aperto." Alcune persone del posto gestivano un sacco di potere, allo scoperto o di nascosto.

Kat sedette sul letto e accese il portatile. "Devo cercare tutto quello che riguarda questa zona. È qualcosa che ha a che fare con il terreno. Sembra che Batchelor volesse costruire una strada che costa milioni. Nessuno costruisce una strada nuova quando ce n'è una che va benissimo. Quella attuale è perfetta per arrivare al suo chalet, perché cambiarla?"

Jace aggrottò la fronte. "A meno che quella strada non sia sufficiente per un utilizzo futuro."

"Esattamente. La strada attuale è ben tenuta. Durerà per anni ed è usata poco. La nuova strada è destinata a più persone, più affari o entrambi? Forse Batchelor vuole anche più terra. Se riesce a scacciare tutti, può comprare a poco prezzo."

"Non ha detto niente riguardo nuove costruzioni. D'altra parte, non ha mai parlato nemmeno della proposta di una strada che è stata bocciata. Lo stai accusando di sabotaggio?"

Kat annuì. "Non ha mai ottenuto quello che voleva percorrendo i canali appropriati. La sua richiesta è stata bocciata. Forse ha deciso di provare qualcosa di meno corretto per ottenere un risultato. Se lo posso dimostrare, forse possiamo evitare un'altra catastrofe."

"Se è stato quello. Perché non chiedere direttamente a Dennis?"

Kat si accigliò. "Perché dovrei farlo?"

"Non del possibile sabotaggio ma riguardo i progetti di costruzione della strada." Jace indicò il computer di Kat. "Dopo tutto, se lui ha fatto richiesta ed è stata bocciata, è un'informazione pubblica. È anche una domanda valida per me da fare come biografo. In effetti, sono sorpreso che non ne abbia parlato."

"Ti parlerà solo dei suoi successi, non degli insuccessi."

"Questo è quello che odio di questa faccenda." Sospirò Jace. "Manca oggettività. Io scrivo semplicemente quello che lui mi dice di fare. Comunque, dubito che sia arrivato al sabotaggio. Ma mettiamolo sotto i riflettori chiedendoglielo di punto in bianco."

Kat non aveva intenzione di deprimere Jace di nuovo. "Metterò insieme i miei appunti e glielo chiederò personalmente domani. Così avrò un po' di tempo questa notte per cercare tutti i fatti."

"Temo che quello dovrà aspettare. Siamo attesi al gala di stasera."

"A che cosa?" Quello spiegava l'elicottero, ma un gala in una remota località di montagna in inverno? Non se l'era certo aspettato.

"Batchelor ha invitato alcuni dignitari, arrivati in volo appositamente per questa serata, e io devo partecipare. Alcuni personaggi del governo, sostenitori dell'ambientalismo dei suoi anni di gioventù. Dovrebbe fornire parte del materiale per la sua 'autobiografia'." Jace fece il segno delle virgolette in aria con le dita. "Almeno questo è quello che mi ha detto."

Era ancora furioso per la storia del ghost writing e Kat non poteva biasimarlo.

"Io resterò qui," disse. "Tra l'altro non ho niente da indossare. Puoi dire che mi sto riprendendo dopo la valanga di questa mattina."

Jace sogghignò. "Ho già chiesto a Dennis come ci si deve vestire e lui ha detto che non importa. Tra l'altro si aspetta che tu partecipi. E poi, non puoi semplicemente lasciarmi lì con tutta quella gente. Ho bisogno di te. Sei la mia scusa per andarmene presto."

Era un'argomentazione a cui lei non poteva controbattere. Doveva un grande favore a Jace dopo essere sparita e averlo fatto preoccupare. "Ma dobbiamo ancora sventare il piano di domani."

"Lo faremo, subito dopo aver partecipato alla festa. Non devi fermarti a lungo, solo farti vedere. Chissà, magari ci ricaveremo qualche altra informazione. E in ogni caso la biografia di Batchelor è un'ottima scusa per fare domande. Per esempio cosa succede con le fazioni in lotta in un posto così remoto in cima alla montagna."

Kat annuì. "Parlare di lotta mi sembra un po' estremo, considerando quanti pochi abitanti ci sono in questa zona. Ma immagino che quello sia il punto cruciale. La gente del posto non vuole che si costruisca, per loro c'è in ballo molto. Ma io penso che loro siano impotenti. Forse sono arrabbiati, ma non violenti."

"Tu hai parlato con loro?"

Lei annuì. "Dopo aver parlato con Ed, posso capire il loro punto di vista. La miniera ha inquinato la loro acqua potabile e fatto perdere valore alle loro proprietà. I proprietari esteri della miniera semplicemente li ignorano e non risanano il sito né decontaminano l'acqua. E la gente del posto deve vivere con questi risultati. Io protesterei. Lo faresti anche tu nella stessa situazione."

Kat frugò nel borsone per cercare qualcosa da mettersi. Si decise per un maglione azzurro e pantaloni neri.

"Batchelor dice che sono piuttosto violenti."

"Non ho avuto quell'impressione." A parte i fucili, comprensibili considerato quello contro cui si erano messi. "Sembrerebbe che i manifestanti di fuori città siano quelli violenti."

In realtà non aveva visto l'altro gruppo di manifestanti, ma solo l'effetto delle loro attività con il sentiero bloccato. Considerando i commenti sia di Ed che di Ranger, mantenevano un basso profilo. Era una cosa strana, considerato che avrebbero dovuto avere una preferenza per la pubblicità. Ed ne aveva parlato come se fosse gente che cercava continuamente di rubare il palco ai locali. Avrebbero partecipato alla protesta del giorno seguente?

"C'è un altro gruppo di manifestanti?" Jace sollevò le sopracciglia. "Batchelor non ne ha mai parlato."

"Ed lo ha fatto e anche Ranger." Si ricordò degli alberi caduti che avevano bloccato il sentiero la prima volta che avevano fatto un'escursione in motoslitta. "Quelli di fuori città sono dei professionisti che cercano di alimentare le controversie. Sfruttano il bacino di decantazione della Regal Gold Mine come piattaforma per le loro richieste e ottenere l'attenzione dei media. Finora non ha funzionato."

La colpì l'ironia del fatto che anche Batchelor una volta era stato un manifestante di alto profilo. Aveva sfruttato la spinta della pubblicità per ottenere l'attenzione dei media e portare avanti le sue cause.

"Mhmm." Jace si grattò il mento.

"Cosa?"

"Come sono arrivati fino a qui in inverno, con le strade chiuse? Via aria, come noi?"

Kat alzò le spalle. "Immagino di sì. Anche se volare sarebbe stato molto costoso. I gruppi no profit di solito non hanno soldi da buttare. Devono avere dei fondi." Anche le proteste in inverno erano strane, per motivi ovvi come il freddo. Non solo era scomodo per i manifestanti, ma era anche poco probabile che i media vi dedicassero attenzione.

"Fondi cospicui. A meno che non siano finanziati da qualcun

altro." Jace controllò l'orologio. "È meglio che andiamo allo chalet. La cena è tra mezz'ora."

"C'è una cosa che non capisco," disse Kat. "Si stanno scontrando con i manifestanti locali, una completa perdita di tempo. Perché non si uniscono a loro?"

"Esatto. Protestano entrambi per il bacino di decantazione e l'acqua contaminata. Scontrarsi tra loro distoglie l'attenzione dalla causa. Se i manifestanti di fuori città vogliono la fama, ci sono cause più importanti con accesso più facile. Come si chiama l'organizzazione?"

"Non ne ho idea." Kat scosse la testa. "Se lo sapessi, potrei immaginare chi li sta finanziando. Ma non so chi siano."

Jace si infilò gli scarponi. "Noi siamo arrivati con un aereo privato e alloggiamo della proprietà di Dennis. Questi altri manifestanti dove stanno? Devono essere arrivati in volo, come noi. Qualcuno lo saprà."

Se qualcuno sapeva, non diceva niente. Ma Jace aveva ragione su una cosa. Non c'erano alberghi nei dintorni quindi potevano essere ospiti di uno dei residenti locali oppure alloggiavano in un hotel a Sinclair Junction. Doveva essere la seconda, dato che si erano giocati il benvenuto dei locali.

I manifestanti, per natura, cercavano attenzione. Tuttavia quelli di fuori città erano praticamente invisibili. Chi erano e perché erano così sfuggenti?

CAPITOLO 13

La festa era già cominciata quando Kat e Jace arrivarono allo chalet. La grande sala era piena per metà, con circa cinquanta persone, la maggior parte coppie di mezza età. Gli uomini sembravano tutti uguali, robusti, con il volto arrossato e rigidi nei vestiti neri troppo stretti e scarpe lucidate. La maggior parte delle donne indossava abiti semi formali con perle, l'uniforme di chi raccoglie i fondi.

Kat perlustrò la stanza in cerca di Ranger e fu sollevata di non vederlo. Una cosa positiva ma anche negativa, ricordò a se stessa. Senza dubbio stava mettendo a punto gli ultimi dettagli della catastrofe pianificata per il giorno dopo.

Kat si sentì terribilmente malvestita. L'abbigliamento di Jace poteva andare. Aveva l'abito blu scuro che utilizzava per le "emergenze", il modo in cui indicava le cene eleganti ed eventi simili. Dovevano essere evitati a ogni costo, a parte quando doveva parlarne come giornalista.

Almeno lui sembrava calato nella parte. Lei, invece, no. Era di sicuro quella vestita in modo più casual di tutti a quella festa, con maglione e pantaloni. Si maledisse per non aver portato un vestito.

Non si sarebbe mai aspettata di finire a un evento politico di raccolta fondi in cima a una montagna isolata in pieno inverno. Pensava che sarebbe stato un weekend solitario nella natura selvaggia, non un gala.

Seguì gli altri ospiti in sala da pranzo. Tre grandi tavoli rotondi erano stati aggiunti al grande tavolo da pranzo per fare spazio agli ospiti. Ogni posto aveva un cartellino con il nome e fu sorpresa di vedere che lei e Jace avevano posti lontani, anche se erano entrambi al tavolo principale. Jace era alla destra di Dennis mentre lei era tra due donne al capo opposto. Si mise a sedere, felice di poter nascondere il suo abbigliamento casual.

La donna alla sua sinistra indossava un abito da sera formale di velluto blu scuro. L'abbigliamento era completato da una collana di zaffiri e diamanti che lasciava intravedere il collo flaccido. Kat le sorrise anche se quella sera non era dell'umore giusto per le chiacchiere superficiali.

Era preoccupata dalla dinamite e non riusciva a pensare a nient'altro. Dove e come avevano in mente di usarla? Volevano provocare un'altra valanga?

Kat vide che la donna la stava fissando e si rese conto che aveva parlato e lei non aveva sentito una parola.

La donna di fianco a lei sorrise. "Sei ancora scossa per l'incidente. Ne ho sentito parlare."

La sua vicina era vagamente familiare, anche se Kat non riusciva a capire come mai. Guardò il cartellino con il nome e all'istante la riconobbe: Rosemary MacAlister.

Ma certo. Rosemary era famosa quasi quanto il marito, il politico George MacAlister. Faceva parte dell'alta società di Vancouver ed era una presenza fissa a molti eventi di raccolta fondi. Era una coppia potente di grandi benefattori che avevano anche un'ala dell'ospedale a loro nome.

Il gala di Batchelor sembrava far parte del loro circuito sociale, nonostante la posizione remota. Kat si chiese come mai, finché capì che si trattava di una raccolta fondi per George MacAlister, il marito di Rosemary. Era in gara per una nuova elezione e questo era il primo di tanti eventi legati alla campagna.

"Sono ancora scossa ma va meglio," Kat era terribilmente affamata, segno che si stava riprendendo bene. Il suo stomaco brontolò al pensiero del cibo.

Jace aveva accennato al fatto che si trattava di una festa da mille dollari a testa, con tartine al caviale, un bar riservato ai whisky e una degustazione di vino. Kat non riusciva a immaginare di pagare una tale cifra... ma, di nuovo, lei e Jace non rientravano esattamente nella stessa fascia di reddito multimilionario di queste coppie festaiole.

Anche con mille dollari a testa, le spese non sarebbero state coperte. Batchelor probabilmente aveva pagato la differenza. Diverse donazioni in natura avvenivano di nascosto, soprattutto per queste persone oggetto di attenzione politica.

Era sorpresa di vedere che un tale numero di partecipanti era riuscito ad arrivare nonostante l'inverno e la strada chiusa. "Non mi sarei mai aspettata un evento in mezzo al nulla come questo. Soprattutto con la tempesta all'esterno."

"Non è terribile?" Rosemary prese il bicchiere e buttò giù il resto del vino. Appoggiò il bicchiere sul tavolo ma lo rovesciò. Gocce rosse si sparsero sulla tovaglia di lino bianca. "Oh, cielo. Non avrei dovuto bere quel Martini extra sull'elicottero."

"Sei arrivata in volo?" Kat non riusciva a immaginare di bere Martini in elicottero.

Rosemary annuì. "Tutti lo abbiamo fatto. Dennis ha mandato l'elicottero a prenderci. Non avrebbe potuto far mancare l'ospite d'onore, giusto?"

"Devono esserci almeno cinquanta persone qui," disse Kat. La maggior parte degli uomini erano raccolti intorno a Dennis, a capotavola. Tra loro anche Jace, che era alla destra di Dennis.

Rosemary rise. "Siamo arrivati a gruppi, quattro per volta. Sembrava l'ora di punta. Stasera torneremo indietro in volo."

Povero pilota, gli toccava starli ad aspettare. Le condizioni non erano di certo ideali per il volo. Anzi, dovevano essere piuttosto pericolose. La tempesta era diventata una tormenta, e non sembrava doversi calmare fino alla metà mattina del giorno seguente. Ma gli ospiti sembravano noncuranti del clima.

E anche della mancanza di cibo. Un'ora più tardi arrivò il primo piatto, portato da camerieri in smoking. Kat si agitò sulla sedia. Ora si sentiva davvero vestita male.

Il primo piatto consisteva in pezzetti di salmone affumicato e insalata di agrumi tutto disposto ad arte su foglie di lattuga. Kat si chiese quale percentuale dei migliaia di dollari rappresentasse questo piatto e se anche gli ingredienti fossero stati portati in volo. Era possibile spendere mille dollari per cena e alzarsi da tavola ancora affamati? Sperava che il frigorifero del loro cottage fosse ben rifornito di carboidrati, perché il menu del gala sembrava piuttosto leggero per compensare la sua attività fisica della giornata.

Qualcuno le toccò delicatamente il braccio con la mano. Si girò e vide Dennis, anche lui con lo smoking. Perché non aveva fatto avere a Jace informazioni su come vestirsi? Questo evento era evidentemente in agenda da mesi.

"Sono contento che tu sia venuta," disse. "Vedo che hai già conosciuto Rosemary, la moglie di George."

Kat annuì. L'evidente stratagemma per separare uomini e donne la infastidiva e puzzava di sessismo. Cosa poteva avere lei in comune con una donna dell'alta società più grande di lei di trent'anni, a parte il sesso? D'altra parte, lei era solo un'accompagnatrice, dato che era Jace l'invitato ufficiale. Invece di reagire in modo esagerato, forse avrebbe potuto semplicemente restare seduta e godersi il cibo e le bevande. Il povero Jace doveva portare avanti il suo ruolo di biografo ufficiale.

Non che Kat stesse tenendo il conto, ma Rosemary era già al quarto bicchiere di vino e non era nemmeno arrivata la seconda portata. Aveva appena ingoiato l'ultimo boccone di insalata quando Dennis era comparso all'improvviso dietro di loro.

"Altro vino?" Dennis sorrise a Rosemary e riempì nuovamente il suo bicchiere da una bottiglia di merlot dall'aspetto costoso.

Poi si girò verso Kat. Lei scosse la testa, indicando il suo bicchiere ancora pieno. "Io sono a posto."

Quando Dennis si fu allontanato, Rosemary si chinò verso di lei. "Io odio queste cose," disse con voce strascicata. "Devo farmene una ragione e chiedere soldi."

La sua vicina era già alticcia e l'evento era appena iniziato. Kat osservò la folla, pensando a un modo per sfuggire. "Non mi sarei mai aspettata un evento del genere tra i monti."

"Dennis ne organizza in continuazione. Non gli riesce bene molto altro, ma sa come organizzare una festa."

La cosa stava diventando decisamente più interessante. L'opinione di Rosemary su Dennis era decisamente poco elogiativa. "Devo supporre che conosci Dennis da molto tempo?"

Rosemary annuì. "Siamo cresciuti tutti qui. George e Dennis andavano a scuola insieme. Io ero due classi più piccola."

"Qui? In montagna?" Kat non aveva notato che Dennis era originario di Paradise Peaks. Aveva semplicemente supposto che si fosse trasferito qui per amore della natura, e non che fosse ritornato alle sue origini.

"Beh, non esattamente qui. A Sinclair Junction. Ma le nostre famiglie avevano tutte proprietà qui in montagna. È davvero un posto dimenticato da Dio, ma noi stiamo cercando di cambiare questa realtà."

"Come?" Che cosa intendeva con 'noi'?

"Dobbiamo far partire l'economia," disse. "Dato che la miniera ha chiuso qualche anno fa, non c'è più stato niente. Nessuna industria, nessun lavoro. George vuole cambiare questa realtà, sviluppando l'industria turistica. Ci sono progetti per un nuovo resort sciistico e di vacanze."

"Davvero? Non ne avevo idea. Qui intorno è molto bello e le montagne sembrano ideali per un resort sciistico." Tornò con la mente a Elke e Fritz. Perfetto per tutti tranne che per i locali che si opponevano. Questo probabilmente includeva ogni residente attuale.

"Sarà ancora meglio quando avremo migliorato la strada. D'inverno è incredibilmente inaccessibile."

"E per quanto riguarda le valanghe? Non è troppo pericoloso per sciare?"

"In questo momento si, ma il resort sfrutterà le esplosioni controllate per limitare le valanghe: questo fa parte dell'operatività normale. Siamo molto eccitati per il nuovo progetto."

Rosemary buttò giù il vino.

Kat alzò la bottiglia e la donna annuì. Le riempì nuovamente il bicchiere. Non c'era nessun bisogno di andare da qualche parte. Tutte le ricerche che doveva fare erano sedute proprio al suo fianco.

"Non avevo idea che ci fosse un progetto edilizio." Dennis non aveva parlato. Nemmeno Ranger o qualcuno della gente del posto. "E i proprietari della miniera?"

Rosemary spalancò la bocca, stupita. "Oh oh. Supponevo che Dennis te l'avesse detto."

"Detto che cosa, esattamente?"

Rosemary fece un risolino. "Ho parlato troppo, ma ormai ho rovinato la sorpresa e posso anche raccontarti il resto." Fece un cenno verso Batchelor. "Questo chalet è solo l'inizio. Insieme alle proprietà circostanti, questo diventerà il Golden Mountain Resort, un complesso di 10.000 acri."

Il terreno di Batchelor era di solo 400 acri. Questo significava che aveva bisogno di tutte le proprietà confinanti con la sua, e anche qualcosa in più. Si trattava della terra di Elke e Fritz, della miniera e altro. A parte che il sito della miniera era inquinato, così come il Prospector's Creek.

Kat stette al gioco. "Ora che ne parli, mi ricordo. Dennis ha detto qualcosa ma non ricordo i dettagli."

"Sarà un posto fantastico," disse Rosemary. "Un'esposizione ambientale, completamente autosufficiente. Energia solare, acqua dei ghiacciai e un ristorante biologico con cibo locale al cento percento."

L'acqua dei ghiacciai era semplicemente l'attuale acqua potabile, dato che il bacino riceveva l'acqua del ghiacciaio. La natura incontaminata era un sogno da marchettari.

L'acqua contaminata era un impedimento per Batchelor, ma lui non ne sembrava preoccupato. Perché il progetto potesse andare avanti si doveva risolvere il problema del bacino di decantazione. Dato che questo sarebbe costato palate di soldi, perché non costruire da un'altra parte? Sembrava illogico scegliere un sito contaminato, ma forse lui aveva già preso l'impegno prima dell'incidente. In ogni caso, non aveva senso da un punto di vista finanziario o di affari e i miliardari erano conosciuti per l'attenzione che ponevano al bilancio. C'erano diversi altri posti in cui costruire resort, quindi perché scegliere questo, considerate tutte le difficoltà?

Qualunque fossero le motivazioni, era evidente che aveva bisogno delle proprietà confinanti per il progetto. Proprietà che non erano in vendita.

"La proprietà di Batchelor non è abbastanza grande per un resort di quel tipo. La montagna non può contenere più di tante persone?" Batchelor sapeva esattamente chi erano i suoi oppositori grazie alla richiesta priva di successo di alcuni anni prima. Elke e Fritz erano di certo tra loro. Se i soldi non erano stati sufficienti a convincerli a vendere, era dovuto ricorrere ad altri metodi?

"Infatti non lo è," rise lei. "Questa proprietà è solo una minima parte di quella che sarà una comunità esclusiva e circoscritta. Ci saranno migliaia di lotti di un acro, si scierà d'inverno e ci sarà un campo da golf per l'estate."

"Golf?" Portare più gente non era di buon auspicio per la natura incontaminata.

"Per iniziare solo nove buche," disse Rosemary in tono di scusa. "La fase due aggiungerà un campo a diciotto buche professionale."

"E tutto per un migliaio di proprietà?"

"E l'albergo," si entusiasmò. "Sarà splendido quando gli altri scopriranno questa gemma nascosta. Non vedo l'ora."

Sembrava un cambio epocale rispetto alla montagna incontaminata. E un significativo cambio di direzione per un ambientalista rispettato. Batchelor si era venduto.

Buona parte dei profitti di Dennis probabilmente proseguivano per la campagna di rielezione di George. Il progetto non poteva andare avanti senza appropriati appoggi governativi. Appoggi che George, come ministro dell'ambiente, avrebbe potuto favorire.

All'improvviso tutto aveva senso.

Il progetto valeva milioni in più per un uomo che era già miliardario. Valeva la pena rischiare la sua reputazione e girare le spalle al suo passato di ambientalista?

Era abbastanza remunerativo da commettere un omicidio?

osemary continuò a parlare nell'orecchio di Kat per tutta la cena, il dolce e il caffè. In due ore la storia aveva acquisito talmente tante complicazioni da non riuscire a seguirla. Lentamente la fame sparì. Non c'era niente sul menu che poteva essere considerato del posto, dal salmone selvatico al cognac del dopo cena. Era tutto importato e trasportato in volo dalla costa, una spesa non indifferente anche per un miliardario come Batchelor. Più cose scopriva su di lui, meno ne sapeva. In privato era completamente in contrasto con l'immagine pubblica.

Kat avrebbe ucciso per potersi sgranchire le gambe e digerire il pasto ma rimase intrappolata. Rosemary sedeva da un lato e la donna dall'altra parte continuava a interrompere per raccontare il suo ultimo progetto di design d'interni.

Avrebbe dato qualunque cosa per poter tornare al cottage e buttare su carta i commenti di Rosemary. Dopo aver scavato a fondo nella storia della società non registrata di Paradise Peaks, avrebbe potuto capire esattamente che ruolo avevano giocato Rosemary, George e Dennis nella loro città natale. Dei tre, solo Dennis abitava ancora lì ma questo non significava che i MacAlister non avevano connessioni locali. Poi c'era il Golden Mountain Resort, il complesso di cui aveva parlato Rosemary. La domanda di costruzione che era stata rifiutata a Dennis avrebbe fornito qualche traccia sui suoi progetti futuri.

Doveva parlare da sola con Jace. Probabilmente lui era all'oscuro dei piani per un resort, dato che Dennis non ne aveva parlato. E magari riguardo al gala aveva raggiunto la stessa conclusione a cui era giunta lei. Dennis stava comprando favori con contributi finanziari alla campagna per la rielezione di George MacAlister. Qui c'era un'altra storia, una che quasi sicuramente non sarebbe comparsa nella biografia ufficiale di Batchelor.

Perlustrò la stanza. La maggior parte degli ospiti era in piedi in piccoli gruppi o gironzolava, ora che la cena era terminata. Notò Jace al bar dei whisky. Era circondato da cinque o sei uomini di mezza età che si erano attaccati a lui. Ridevano e imprecavano ad alta voce raccontando aneddoti riguardo a Batchelor. Si rendevano protagonisti di tentativi poco nascosti di essere inseriti nella biografia del magnate.

Jace aveva un'espressione stanca e irritata. Senza dubbio aveva sentito anche troppe chiacchiere, proprio come lei. Ma almeno lei aveva scovato alcune informazioni davvero interessanti. Infine Kat riuscì a cogliere lo sguardo del suo ragazzo e gli fece cenno di andarle incontro all'ingresso.

Lui attraversò la stanza e insieme si diressero nell'atrio. Le risate della festa giungevano a tratti. Erano soli ma l'acustica dell'enorme soffitto amplificava i loro sospiri a un livello che li metteva a disagio.

Kat raccontò i commenti di Rosemary. "Davvero piuttosto interessante."

"Ha delle ottime conoscenze," disse Jace. "Qualunque cosa dice deve contenere un pizzico di verità."

Kat si lanciò delle occhiate intorno ma non vide nessuno. Comunque, con quell'acustica, chiunque nelle vicinanze avrebbe potuto facilmente sentire la loro conversazione sussurrata. "Possiamo andare in un posto più tranquillo?"

Jace le fece cenno di seguirlo. "Ho dimenticato il mio blocco degli appunti nell'ufficio di Dennis. Là potremo parlare meglio."

Si infilarono nell'ufficio, una grande tana maschile con un bel tavolo da biliardo al posto di quello per le riunioni.

"E io che pensavo che lavoraste tutto il giorno."

Jace sogghignò. "Mi fa lavorare, non preoccuparti. Mi sto guadagnando la pagnotta. Devo solo trattenere la lingua e contare le ore."

Kat ripeté il racconto di Rosemary sui progetti di Batchelor per un resort. "Non so cosa pensare. Sembra che Dennis stia segretamente progettando di impadronirsi di tutte le proprietà dei dintorni."

"Non me ne ha mai parlato. Sono coinvolti anche i MacAlister?"

Kat scosse la testa. "Non nell'acquisto di terreni ma, secondo Rosemary, Dennis è il principale finanziatore della campagna. Con George come ministro dell'ambiente, immagino che lui otterrà favori speciali una volta che ha acquistato il terreno."

"Stai saltando alle conclusioni. È ovvio che siano amici. Sono cresciuti tutti qui e hanno a cuore l'ambiente. Non c'è niente di strano nel fatto che condividano interessi comuni." Jace afferrò il suo blocco dal tavolo. "Dennis è un intrigante ma non penso che sia corrotto."

"È sul punto di guadagnare un sacco di soldi se succedono certe cose. Qualche volta le persone razionalizzano le proprie decisioni." Sperando che quella razionalizzazione escludesse l'omicidio. Sembrava difficile da credere, ma c'era così tanto in gioco riguardo l'acquisizione dei terreni che lei aveva seri dubbi.

Jace si grattò il mento pensieroso. "Come ottenere le giuste approvazioni e i permessi."

"E far costruire la nuova strada. Anche se gli altri residenti non vogliono."

Jace afferrò il suo blocco degli appunti da un mobile accanto alla parete e glielo porse. "Portalo con te. Non posso permettermi di perderlo."

Prendendo il blocco, Kat notò sulla scrivania di Dennis una pila di fogli. Era carta intestata della Earthstream Environmental. Il quadrifoglio che fungeva da simbolo era identico al logo sul cappello della guardia di sicurezza.

"Riconosco quel logo." Disse Kat indicando i fogli. "Il guardiano della miniera aveva lo stesso simbolo sul cappello. Forse non era affatto una guardia di sicurezza."

"La Earthstream è la società di consulenza ambientale di Dennis. Mi sorprende che il guardiano non te l'abbia detto. È una delle società operative di Dennis. Fanno bonifiche ambientali."

"È curioso. Non pensi che Ranger dovrebbe aver accennato qualcosa riguardo l'attività di Dennis là?"

Jace rimase interdetto.

"Quando abbiamo passato il blocco? Ha detto che i manifestanti ce l'avevano con Dennis e tuttavia non ha menzionato il fatto che la società di Dennis facesse bonifiche ambientali. Un'altra cosa: Ranger lavora per Dennis e la guardia sapeva che io ero ospite di Dennis. Perlomeno avresti pensato che non mi avrebbe dovuto puntare il fucile."

"Ti ha puntato un fucile?" Jace si accigliò. "Probabilmente non avresti dovuto andartene in giro da sola in quel modo."

Aveva detto troppo. "Non è come sembra. Sapevo che non avrebbe sparato." Forse era esagerato, ma lei non aveva percepito alcuna cattiva volontà.

"Aveva un fucile, Kat. Nessuno sapeva che tu eri là. Questo è più che sufficiente per preoccuparsi."

"È rimasto sorpreso. Non si aspettava di vedermi in quel posto. Forse però sono io che sto pensando troppo. È probabile che Dennis gli abbia semplicemente dato il cappello. Chi può dirlo?"

Jace annuì. "Dennis non controlla tutte le sue società. Altre persone gestiscono le operazioni di tutti i giorni quindi è possibile che lui non sapesse di attività della sua società in quel posto."

"Anche nel suo stesso cortile? In questo posto tutti conoscono tutti."

"Glielo chiederò domani. Non abbiamo ancora approfondito la parte aziendale. Ci stiamo concentrando più che altro sul suo lavoro filantropico e di beneficenza. Comunque sono d'accordo. È strano che abbia qualcuno alla miniera e non lo sappia."

"Deve saperlo."

Jace si girò per andarsene. "La società mineraria ha assunto una delle decine di aziende secondarie di proprietà di Dennis. E se i suoi dipendenti avessero dimenticato di dirglielo? È solo una coincidenza che la miniera abbia deciso di assumere la società di Dennis."

"Io non credo alle coincidenze," disse Kat. "Oltretutto, perché ora dovrebbero lavorarci? La miniera è stata chiusa ormai da qualche anno. È anche inverno. Con il freddo si fa fatica a lavorare e c'è la neve sul terreno." A parte l'età del guardiano, semplicemente non aveva l'aspetto di un tecnico ambientale o un consulente. "Com'è possibile che non sappia che la sua società sta lavorando in un posto piccolo come questo? Un posto in cui è cresciuto? Avrebbe sfruttato l'idea della bonifica per ottenere il favore dei suoi vicini."

"Hai ragione." Jace aggrottò la fronte. "E quando si tratta di Dennis Batchelor tutto è pianificato in anticipo."

Ritornarono nella sala principale nel momento in cui George MacAlister si alzava dal suo posto. Si mise in piedi vicino a Batchelor a capotavola e iniziò a parlare. Era il tipico discorso da campagna elettorale per motivare la truppa, il lancio della campagna per la rielezione politica.

Kat ascoltò educatamente pensando a come andarsene. A differenza degli altri ospiti, sarebbe potuta tornare nel suo cottage. Se gestiva bene i tempi poteva riuscire a svignarsela senza che nessuno la notasse. Come molti politici, MacAlister era abile nell'impiegare molto tempo per non dire assolutamente niente di consistente. Il suo discorso fu seguito da altri di supporto che esaltavano la saggezza e la pianificazione ambientale di George.

Kat ebbe finalmente la sua possibilità quando Batchelor si alzò per parlare. Baciò Jace sulla guancia, afferrò il suo blocco degli appunti e se ne andò. Nessuno la guardò mentre se ne andava, a parte Jace, che le promise di cercare di ottenere qualunque informazione fosse riuscito sul Golden Mountain Resort e sulla connessione di Batchelor con i MacAlister.

Scivolò fuori nella frizzante aria notturna e si lasciò alle spalle le luci calde dello chalet. Il soffio di aria fredda era rinfrescante in modo sorprendente. Per rientrare al cottage seguì il vialetto spalato invece del sentiero coperto di neve, persa nei suoi pensieri.

La valanga di quella mattina le pesava sia dal punto di vista fisico che emozionale. Avrebbe potuto facilmente cadere addormentata ma doveva lavorare e le restavano solo poche ore. Non c'era tempo da perdere se voleva salvare la gente di Paradise Peaks.

CAPITOLO 15

*L*a lunga storia di attivismo da quartiere a Paradise Peaks risaliva al 1980. Le prime proteste che avevano ispirato Dennis Batchelor a diventare un ambientalista avevano completato il cerchio. Una volta Batchelor era il capo dei manifestanti; ora gli altri manifestavano contro di lui. Anche se ufficialmente il bersaglio era la miniera, era evidente che l'opposizione era anche contro di lui.

Kat restava convinta che Batchelor fosse collegato in qualche modo a qualunque cosa Ranger e Burt avessero pianificato per il giorno seguente. Era abbastanza furbo da mantenersi pulito restando un passo indietro. Ranger faceva tutto il lavoro sporco al posto suo.

Per fermare la catastrofe imminente, Kat aveva bisogno di sapere di cosa si trattava e come esattamente l'avessero pianificata.

Paradise Peaks era cambiata molto da quando Batchelor l'aveva messa sotto il riflettore ambientale decenni prima. L'attenzione dei media aveva portato più visitatori ma non necessariamente del tipo che amava la natura. Ciò era positivo per l'economia locale ma l'aveva fatta pagare all'ambiente. Gli interessi delle persone del luogo erano messi da parte in cambio di dollari e centesimi. Dato che il futuro di Paradise Peaks era giocato intorno ai soldi, che possibilità c'era che Batchelor non fosse coinvolto?

Nessuna.

Kat tornò con la mente ai commenti di Rosemary MacAlister riguardo i progetti per il Golden Mountain Resort. Dennis aveva bisogno delle proprietà confinanti, comprese quelle dei Kimmel e la Regal Gold Mine. Un brivido le corse lungo la schiena pensando alle implicazioni di quello scenario. I Kimmel avevano rifiutato di andarsene. All'improvviso venivano privati della vita e della possibilità di lottare.

Forse non erano scombinati come Ranger e Dennis volevano far pensare. Se le pretese dei Kimmel erano giustificate, era ovvio che Batchelor li screditasse facendoli passare per pazzi. A chi avrebbe creduto la gente?

Accese il computer. Il mistero si infittiva e lei aveva bisogno di documentare le sue scoperte finché le aveva ancora fresche in mente. Anche la polizia avrebbe potuto trovare qualcosa di utile, se e quando finalmente si fossero decisi a interrogarla riguardo la valanga. In ogni caso, il suo riassunto avrebbe potuto aiutare Jace più avanti, se avesse deciso di scrivere l'altra storia non ufficiale.

Batchelor si era avvantaggiato direttamente dall'incidente perché aveva eliminato qualunque ostacolo all'acquisto della proprietà. Dato che aveva bisogno anche dei terreni della Regal Gold Mine, aveva senso che il bacino di decantazione non fosse stato riparato. Alcune riparazioni non erano necessarie se tutta la zona doveva essere riqualificata.

Ovviamente si doveva comunque risolvere il problema della contaminazione, ma la decontaminazione era meno estesa e costosa rispetto alla ricostruzione dell'intero bacino di decantazione necessaria per rendere la Regal Gold Mine di nuovo operativa. Vendere la proprietà sarebbe anche stata la soluzione migliore per i proprietari esteri. Dopo tutto, la miniera era stata funzionante per più di trent'anni e ormai sarebbe stata in ogni caso in declino. La maggior parte dell'oro, e la maggior parte dei profitti, erano già stati estratti.

Ripensò alla guardia di sicurezza della miniera con il logo della Earthstream. Il quadrifoglio suggeriva una connessione alla Earthstream e, di conseguenza, a Batchelor. Ma quello poteva non avere un gran significato in una comunità così piccola. In un modo o nell'altro erano tutti collegati.

L'uomo sembrava essere ben oltre l'età del pensionamento, quindi era poco probabile che fosse una guardia di sicurezza. Forse stava controllando il posto in modo informale. Non era plausibile nemmeno che fosse un tecnico ambientale o specializzato di altro genere alle dipendenze della Earthstream Technologies, considerata l'età. Batchelor forse gli aveva semplicemente dato il cappello. Ma allora perché si trovava alla miniera?

Kat non ne aveva idea, ma era inutile perdere altro tempo a pensarci. Erano già le undici e lei non si era avvicinata nemmeno un po' a quelli che potevano essere i piani di Ranger e Burt per il giorno seguente.

Sbadigliò e decise che per quella sera era sufficiente. Per abitudine cliccò sul browser e fu sorpresa di vedere che la connessione Internet funzionava correttamente.

Con il mouse selezionò il sito della Earthstream e la sezione delle informazioni aziendali. La Earthstream Technologies era una delle decine di società all'interno della complicata struttura organizzativa di Batchelor.

L'ufficio principale era in Lussemburgo. La proprietà era di una holding lussemburghese, a sua volta di proprietà di una compagnia anonima delle isole Cayman. Le società anonime erano costituite in quel modo per evitare le imposte, per motivi legali o entrambi. Sulla carta, la rete di società e organigrammi complessi in effetti mascheravano la reale proprietà. Tuttavia, chiunque si fosse districato nel labirinto avrebbe visto che il proprietario finale era Dennis Batchelor.

Come altri multimiliardari, aveva strutturato le sue holding tramite un'armata di avvocati e contabili. La loro unica missione nella vita era eseguire i desideri del capo per trarre il massimo profitto con responsabilità limitata. Ma l'esistenza di cavilli fiscali non la rendeva una condotta moralmente accettabile.

Qualunque indignazione coscienziosa provasse Batchelor per le questioni ambientali non gli impediva di capitalizzare da qualunque possibile beneficio fiscale e finanziario esistente. Una cosa era chiara: la sua posizione di difensore dell'ambiente contro le corporation non si applicava agli interessi delle sue aziende. L'unica bonifica locale a cui aveva partecipato era in senso finanziario e portava a massimizzare il suo valore netto.

Il sito della Earthstream era interessante anche per quello che non mostrava. Venivano indicati diversi progetti in corso ma la Regal Gold Mine non era uno di quelli. Probabilmente c'era una spiegazione logica. Forse il progetto era troppo nuovo, troppo piccolo o era già stato completato.

Salvo che la Regal Gold non corrispondeva a nessuna di quelle categorie. Era più grande della maggior parte dei progetti elencati dalla Earthstream. Non era nemmeno un progetto nuovo. Il bacino di decantazione si era rotto alcuni anni prima e non era ancora stato riparato. Questo faceva sorgere un'altra questione. Che fossero assenti o no i proprietari, il governo avrebbe dovuto costringere la proprietà ad effettuare la bonifica. Non si era mai sentito che una comunità fosse lasciata senz'acqua potabile per anni.

Ovviamente, MacAlister *era* il governo come ministro dell'ambiente, poteva revocare le decisioni o trascurare le trasgressioni. Se qualcuno l'avesse scoperto sarebbe stato un suicidio politico, ma la posta poteva essere abbastanza alta da rischiare. Poteva avere qualche genere di accordo laterale con la Regal Gold?

Doveva esserci un motivo per cui MacAlister, come ministro dell'ambiente, aveva ignorato le valide preoccupazioni dei manifestanti per più di due anni. Il governo avrebbe dovuto mediare quando era diventata evidente la posizione irregolare della Regal

Gold. Semplicemente non c'erano scuse perché l'acqua potabile restasse contaminata e imbevibile così a lungo. Era anche contro ogni logica che due uomini molto potenti con radici locali avessero semplicemente accettato la situazione senza protestare.

I servizi della Earthstream includevano il risanamento ambientale, per cui Batchelor avrebbe potuto facilmente risolvere la situazione del bacino di decantazione, con la possibilità di agire immediatamente. La Regal Gold Mine era stata spinta con la vergogna a risolvere il problema? In quel caso, sarebbe stata una buona notizia: ma i manifestanti non erano a conoscenza di questo sviluppo? Considerata la interminabile protesta e l'ostilità, avrebbero dovuto essere i primi a sapere, se non altro a scopo di pubbliche relazioni. Dopo tutto, sarebbe stata una storia positiva che Batchelor avrebbe potuto sfruttare.

Cosa poteva essere più remunerativo di un nuovo business da attivare per la Earthstream?

L'unica cosa che poteva avere maggior valore era il terreno per il suo resort. Terreno che avrebbe potuto acquistare a un prezzo più basso se fosse rimasto contaminato. Batchelor sperava di fare un affare con i terreni? In questo caso, aveva convinto MacAlister a girarsi dall'altra parte?

Era interessante il fatto che Jace non sapesse dei piani per il resort. Perché Batchelor non ne aveva parlato al suo biografo ufficiale? Aveva qualcosa da nascondere?

Kat controllò l'orologio e vide che era ormai passata la mezzanotte. Jace era l'unico ospite che non era costretto a terra dal clima, ma lei sospettava che non potesse lasciare gli ospiti rimasti. I voli per il ritorno probabilmente erano rimandati a quando la tempesta si fosse calmata.

Tornò a concentrarsi sulla Regal Gold Mine. Anche se era posseduta da proprietari esteri, essendo una società quotata era tenuta a registrare documenti di regolamentazione. Richiamò le informazioni sulla sicurezza e scorse la parte relativa all'archiviazione di tali documenti.

Le palpebre erano più pesanti a ogni nuovo report che apriva. Le lungaggini di informative e dichiarazioni di non responsabilità erano sufficienti a far addormentare chiunque. Si concentrò inizialmente sui report finanziari trimestrali ma non le saltò all'occhio niente di strano.

La Regal Gold Mine era stata piuttosto profittevole fino all'incidente. Nonostante l'età della miniera, aveva ancora circa un decennio di attività davanti. Ogni giorno che restava ferma costava ai proprietari un bel po' di soldi in profitti persi. Un ottimo motivo per farla riparare e rimetterla in funzione. Ma non l'avevano fatto.

Ci fu qualcos'altro che la colpì. Secondo le dichiarazioni societarie, il proprietario estero di maggioranza recentemente aveva venduto le sue azioni, tuttavia i manifestanti locali non sembravano a conoscenza del cambio di proprietà. Era uno strano momento per vendere, con il problema del bacino di decantazione. Gli investitori di solito evitavano le società con questioni ambientali in sospeso. A parte il prezzo di acquisto, il nuovo proprietario rischiava di ereditare milioni di tasse ambientali e dover affrontare una possibile bancarotta. Era un rischio che in pochi avrebbero voluto correre.

Qualche volta succedeva. Ma o l'acquirente era uno sciocco o era qualcuno che già conosceva il risultato.

Il proprietario di maggioranza, una società cinese di nome Lotus Investment, aveva venduto la partecipazione maggioritaria del cinquantuno percento direttamente al nuovo proprietario di maggioranza. Questi aveva ritirato la società, cancellandone le azioni dalla borsa di New York.

Secondo le dichiarazioni societarie, il nuovo proprietario di maggioranza era una società chiamata Westside Investment. Oltre alla Westside, una seconda società aveva una partecipazione significativa nella Regal Gold. Era una società anonima, 88898 Holdings Limited, con sede nelle isole Cayman. Insieme le due società possedevano l'81% delle azioni in circolazione.

Bingo.

Seguendo i soldi e, in questo caso, la proprietà della società mineraria, senza dubbio avrebbe fatto luce sulle transazioni. Il cambio di proprietà era di sicuro la chiave per svelare il mistero.

Percorse attentamente gli altri report e si fermò all'ultimo. La Westside aveva fatto un'offerta pubblica per l'acquisto delle azioni restanti con un pagamento straordinario rispetto al prezzo di mercato. L'offerta non era esageratamente generosa ma non era necessario che lo fosse. Le azioni avevano praticamente perso tutto il loro valore dopo l'incidente. Anzi, erano decisamente economiche, un penny per azione.

Tornò a concentrarsi sulla Westside Investment. Le informazioni sulla proprietà di maggioranza erano poche, se non che a sua volta era di proprietà della 247 Holdings, un'altra società delle isole Cayman. Tutto quello che riuscì a scoprire erano i nomi dei direttori, tutti avvocati con lo stesso indirizzo alle Cayman. Era una società di copertura, con i veri proprietari nascosti sotto il velo aziendale. A differenza della Regal Gold, non era quotata in borsa, quindi le informazioni sulla proprietà non erano disponibili on-line.

Cercò un diverso punto di vista. Le società con grandi partecipazioni di solito mettevano il proprio consiglio di direzione nelle società in cui investivano. Segrete o no, dovevano esercitare un controllo. Era il modo in cui influenzavano le operazioni e proteggevano il proprio investimento. Almeno uno o due direttori dovevano essere della Westside.

Seguì ognuna delle biografie del consiglio di direzione. La maggior parte dei nuovi dirigenti sembravano essere esperti in campo minerario con decenni di esperienza, due di loro erano stati dipendenti della società cinese. Tutti erano uomini, compreso l'unico dirigente che non avesse esperienza mineraria diretta. Almeno in superficie, sembrava tutto a posto.

Tuttavia nessuno dei direttori rappresentava la Westside Investment, l'attuale proprietario di maggioranza.

Si trovava al punto di partenza. La dirigenza della Regal Gold non era stata in grado o non aveva voluto riattivare una miniera profittevole. Eppure i ricavi persi erano di gran lunga superiori a quello che sarebbe costata la riparazione del bacino di decantazione. Ogni giorno di ritardo costava soldi. Perché non la rendevano operativa il prima possibile? Cosa stavano aspettando?

La incuriosiva ancora di più il perché la Westside e la 88898 Holdings avessero investito in una miniera chiusa da tempo con una responsabilità ambientale potenzialmente enorme. Dovevano averne un ritorno, ma qual era?

Una cosa era sicura: la Westside Investment, in quanto proprietaria di maggioranza, doveva essere quella che tirava le fila. Non potevano accontentarsi di non avere rappresentanza nel consiglio di direzione, con tutto quello che rischiavano.

Dov'era Jace quando aveva bisogno di lui? Lei riusciva sempre ad avere buone idee grazie a lui e in quel momento stava brancolando nel buio. Il ragazzo aveva ragione riguardo Dennis Batchelor: lo pagava bene ma le sue pretese erano assolutamente irragionevoli.

Tornò alla sua ricerca, questa volta seguendo all'indietro l'origine della 88898 Holdings. La società delle Cayman era una affiliata completamente posseduta della Pirate Holdings. Un nome così intrigante chiamava ulteriori indagini. Studiò la lista dei dirigenti ma non arrivò da nessuna parte. Come molte società nei paradisi fiscali, i dirigenti erano solo di facciata. Nel caso della Pirate erano solo tre. Erano tutti avvocati alle dipendenze della stessa società, la Meridian Consulting. Un punto morto.

Oppure no? I nomi sembravano familiari. Tornò alle biografie dei dirigenti della Regal Gold Mine sul sito aziendale. Restò a bocca aperta quando lo vide. Tre dirigenti della Regal Gold Mine avevano legami con la Meridian Consulting. Le società sembravano non essere collegate tuttavia condividevano i direttori. La Pirate Holdings era rappresentata nel consiglio tramite la Meridian Consulting.

Interessante, ma cosa poteva significare?

Avrebbe scommesso che c'era dietro qualcosa. La Meridian Consulting si trovava al posto del proprietario finale. Era la chiave per la verità. Chiunque possedesse la Meridian controllava le corde del borsellino di Pirate Holdings, Regal Gold Mine e chissà cos'altro.

Questo rispondeva alla domanda sulla Pirate Holdings, ma di chi era la Westside Investment? Lesse nuovamente i prospetti informativi della Westside e fece uno schizzo dell'organizzazione aziendale su un foglio di carta. Inserì dei rettangoli con i nomi delle società e li riempì con i dati presi dai documenti. La società in cima al grafico era la 247 Holdings. Le saltò all'occhio, grafite su carta. La Westside Investment e la Earthstream erano entrambe controllate dalla 247 Holdings. Dennis Batchelor era proprietario al cinquantuno percento della Regal Gold Mine.

All'improvviso tutto aveva più senso.

Batchelor aveva già una parte dei terreni di cui aveva bisogno tramite la proprietà della Regal Gold Mine. Ma perché comprare il sito di una miniera contaminata che aveva portato danni ambientali alla zona circostante? Perché in questo modo otteneva terra a poco prezzo per il suo resort e la mancanza di acqua potabile avrebbe allontanato i residenti di vecchia data.

Ma significava anche che Batchelor doveva pagare per risolvere il problema. La contaminazione dell'area avrebbe richiesto anni, o anche decenni, per la bonifica e sarebbe costata milioni. Come nuovo proprietario, era responsabile di qualunque problema anche se era impossibile predire in modo accurato i costi. Il conto finale sarebbe stato noto solo dopo aver completato il lavoro. Non molti miliardari investivano in società con rischi impossibili da quantificare. Perché l'avrebbe fatto Dennis Batchelor?

Qualche minuto dopo trovò la risposta. Tutto dipendeva dalla valutazione ambientale della Earthstream, che doveva quindi essere la chiave per il puzzle. Essendo la pubblicazione obbligatoria per le società quotate, la contaminazione veniva riportata in una dichiarazione societaria. Di sicuro, la rivelazione della Earthstream era risultata in un crollo del prezzo delle azioni della Regal Gold Mine. I titoli erano praticamente senza valore quando la Westside e la 88898 se l'erano accaparrarti.

Se i responsabili della Regal avevano soddisfatto i requisiti legali rendendo pubblico l'incidente al bacino di decantazione nei loro report agli azionisti, si erano comunque dati da fare per mantenere nascosta la situazione. Per questo motivo non c'era l'indicazione sul sito della Earthstream. Nessuno li aveva costretti ad agire, almeno non finché il gruppo di manifestanti formato da Elke, Fritz e altri aveva cominciato ad occuparsi del problema.

I manifestanti non avevano mai avuto una possibilità. Non sapevano contro chi stavano combattendo.

Nonostante tutto, la Lotus aveva comunque trovato un acquirente per le azioni della Regal Gold Mine.

Se chi comprava aveva effettivamente portato a termine la due diligence, sapeva del disastro ambientale che aveva appena ereditato. Comunque aveva comprato la società per due soldi. I proprietari esteri non avevano fatto alcun tentativo di risanare il sito perché sarebbero finiti in bancarotta. Legalmente erano intoccabili e non avevano motivo di spendere soldi in una miniera senza valore.

Un ambientalista attento alla sua reputazione avrebbe legato la sua sorte a una miniera contaminata? Sembrava davvero improbabile. Batchelor non avrebbe mai rischiato la sua immagine personale.

Tuttavia l'aveva fatto.

La Earthstream aveva esagerato di proposito il risultato del rapporto ambientale in modo che Batchelor potesse ottenere la terra che desiderava? Se questo era il caso, Batchelor, e chiunque era dietro alla Pirate Holdings, si trovavano nella situazione di aver acquistato la miniera in modo disonesto.

Era l'unica conclusione a cui riusciva ad arrivare. Perché altrimenti un ambientalista avrebbe investito in un disastro ambientale? Doveva sapere qualcosa che non sapeva nessun altro.

Lo scarto di qualcuno era il tesoro di qualcun altro. La proprietà era priva di valore dal punto di vista minerario ma aveva un grande valore come terreno per il resort, se si poteva risanare. Se Batchelor riusciva ad ottenere le approvazioni necessarie, stava per fare una fortuna. Con il suo amico MacAlister come ministro dell'ambiente, ci sarebbe senz'altro riuscito.

La gente del posto aveva ancora meno influenza, ora che Batchelor aveva la miniera, ma non lo sapeva. Kat ancora non aveva scoperto il progetto di Ranger e Burt per gli esplosivi, ma almeno ora aveva un movente. Spaventare i proprietari locali e convincerli a vendere a poco prezzo. Ora che i Kimmel non c'erano più e la miniera era chiusa, solo Ed e gli altri manifestanti contrastavano Batchelor.

CAPITOLO 16

*L*a porta del cottage si aprì e portò una ventata di aria fredda. "Chiudi la porta, Jace. Fa freddo qui." Gli scarponi pestarono nell'ingresso, poi la porta venne chiusa di colpo.

"Jace?"

Silenzio.

Mise giù il portatile e si alzò per andargli incontro alla porta.

Era quasi l'una di mattina. Lei era mezza addormentata e si era già appisolata un paio di volte nell'attesa di condividere le sue scoperte. "So che sei stanco ma non crederai alle schifezze che ho scoperto…"

Percorse rapidamente il corridoio con le calze e quasi sbatté contro Ranger.

"Cosa diavolo stai facendo qui?" Perse l'equilibrio girandosi all'improvviso. Erano a pochi centimetri di distanza e lei non aveva un posto dove andare.

Lui le afferrò i polsi e la tirò di fronte a sé. "Che genere di schifezze?"

"Lasciami andare." Cercò di liberare le braccia ma lui era troppo forte.

Ranger rise. "Lascia stare. Non sentirà nessuno. Dovresti ringraziarmi. Ti ho appena evitato di cadere."

"Non sei abituato a bussare?" Continuava a lottare ma non riusciva a liberarsi da quella stretta forte. "Lasciami. Mi stai facendo male."

Lui ignorò la domanda ma allentò di poco la presa.

"Mi metto a gridare."

Ranger la lasciò e la superò dirigendosi verso il letto. Raccolse il suo portatile.

Il cuore di Kat si mise a battere forte. Lo seguì e pregò che si fosse attivato lo screensaver.

Non era così.

"Cosa c'è qui?" Non aspettò la risposta. "Ricerche sulla miniera, vedo."

"C'è qualche problema?" Tese le mani per prendersi il computer ma lui non glielo restituì.

"È questa la schifezza di cui stavi parlando?" Girò lo schermo verso di lei.

Lei arrossì alla vista delle relazioni societarie. Se lui non avesse notato l'organigramma che aveva scarabocchiato e lasciato sul letto, lei sarebbe riuscita a cavarsela con le parole.

Kat incrociò le braccia. "È una questione privata tra me e Jace." Grazie a Dio non aveva detto niente di più specifico. "E a questo proposito, sarà meglio che lo vada a cercare."

Ranger le bloccò la strada. "È impegnato con Dennis. Ci vorrà un po'."

Lei non si sarebbe lasciata intimidire. "Prima di tutto dimmi perché sei qui. Cosa vuoi?"

La bocca di lui si girò in un sorriso tirato. "Io lavoro qui. Non preoccuparti di cosa faccio. Chiariamo cosa stai facendo tu."

Kat tirò il suo computer ma Ranger lo allontanò da lei, facendola quasi volare a terra.

Lui si diresse al tavolo e ci appoggiò il computer. Aprì il coperchio.

Kat tirò un sospiro di sollievo perché l'uomo non aveva notato i fogli sul letto, che tracciavano in dettaglio l'impero globale di Dennis Batchelor. Ma le sue speranze furono altrettanto rapidamente spazzate via quando lui lesse gli appunti sul computer.

"È questa la schifezza?" Fece un riso soffocato.

Lei scosse la testa. "È così che trattate gli ospiti? Dammi il mio computer."

Non era così facile. Lui alzò lo sguardo dallo schermo. "Cosa trovi di così interessante nella Earthstream?"

"Sto solo aiutando Jace a fare qualche ricerca."

"Non è vero. Questo è fuori tema riguardo il memoriale di Dennis."

"Come fai a saperlo? Non sei tu quello stai scrivendo."

"Saresti sorpresa di quello che so." Il volto di Ranger rimase impassibile. "Dennis non si gratta nemmeno senza chiedermi prima cosa ne penso."

"Sul serio?" Questo implicava che Ranger probabilmente faceva anche tutto il lavoro sporco per Dennis. La valanga e l'esplosione pianificata per il giorno seguente erano opera di Ranger, ma su ordine di Dennis.

Kat approfittò del momento di pausa e si allungò verso il tavolo. Afferrò il suo computer e lo prese. Questa volta lui non cercò di riprenderlo. Lei corse verso la camera da letto e infilò il computer nella borsa. Rimase ai piedi del letto davanti alla borsa.

"Non puoi nascondermi niente. Lo scoprirò." Lui era in piedi sulla soglia, le braccia incrociate.

"Come? Intrufolandoti non invitato e terrorizzando la gente? Scommetto che Dennis non sa che ti comporti così."

Le labbra di Ranger si girarono in un sorriso stretto. "Non deve sapere tutti i dettagli. E nemmeno vuole."

"Sa che aggredisci le sue ospiti di sesso femminile?"

Sul volto dell'uomo passò un secondo di incertezza. "Non sapevo che tu fossi qui."

Lei lo fulminò con lo sguardo. "Non è una scusante per quanto concerne l'effrazione. Non hai motivo di essere qui." Lei sedette sul letto e si infilò gli scarponi. Sembrava che Ranger non avesse intenzione di andarsene, quindi lei doveva uscire al più presto dal cottage.

"Pensavo che tu fossi ancora alla festa." Lui camminò verso il letto e adocchiò la borsa. Poi il suo sguardo si spostò verso la porta finestra che dava all'esterno. "Fuori il tempo è molto brutto. Sono venuto per controllare se le finestre tengono."

"Dopo mezzanotte? Non credo proprio." Kat si alzò. "Ne parlerò a Dennis."

Lui era a pochi centimetri dalla sua borsa e lei lottò contro il desiderio di prenderla. Gliel'avrebbe comunque strappata di mano.

"Fai pure. Io gli dirò che tu stai cercando di gettare fango su di lui."

"Quindi ammetti che c'è qualcosa di sporco?"

Il volto dell'uomo arrossì. "Non ammetto niente. Solo che Dennis mi ha chiesto di controllare delle cose."

"Stai mentendo." Kat camminò verso di lui e gli si avvicinò. Sperava che lui si allontanasse dal letto ma lui non si mosse.

Ranger fece un sorriso compiaciuto. "Ti ho vista ieri. Alla miniera."

Kat si sentì il cuore in gola. L'aveva vista anche quando li spiava dal bordo della strada? "Stavo facendo una passeggiata. Non me lo puoi impedire."

"Chi dice che non posso?" La guardò sorridendo. "Posso fare di tutto."

Le afferrò il braccio e la portò verso la porta finestra. "Da qui c'è una vista meravigliosa." Aprì le porte con la mano libera. Un soffio d'aria ghiacciata entrò nella stanza. Lui spinse fuori Kat. "Anche se è un pochino buio."

Era un eufemismo dato che fuori era buio pesto. Lei non aveva bisogno di vedere il precipizio di 150 metri fino al fondo del canyon per sapere che c'era.

Fece un salto all'aprirsi della porta del cottage, cui seguì un rumore di passi diretti verso di loro.

Anche Ranger sussultò. Strinse di più il suo braccio girandosi verso la porta.

"Cosa diavolo succede?" Jace era in piedi sulla soglia.

Lei si liberò della stretta di Ranger e corse verso Jace. "Ranger se ne stava andando."

Kat si liberò e corse verso Jace, il più lontano possibile da Ranger. Non osava dire a Jace quello che era successo con l'uomo ancora nella stanza. Jace lo avrebbe ucciso e sarebbe stato l'unico crimine che avrebbe ricevuto una punizione dalle parti di Batchelor.

Ranger rimase immobile mentre valutava Jace. L'uomo era più basso, ma era una decina di chili in più. I due erano alla pari, non c'era certezza sul vincitore. Ranger non poteva spingere Jace giù dal precipizio, ma chissà quali altri mezzi aveva a sua disposizione? In qualunque modo la situazione si fosse evoluta, Ranger ne sarebbe uscito illeso.

Kat si girò verso di lui. "Parli tu a Dennis o lo faccio io?"

Ranger la guardò corrucciato superandola bruscamente. "Continueremo questa discussione più tardi."

Di certo l'uomo sapeva che qualunque cosa le avesse detto sarebbe stata riferita a Jace. E quindi sarebbe arrivata a Dennis. Forse era solo una tattica intimidatoria. Batchelor faceva finta di non vedere il modo di agire di Ranger o, ancora peggio, lo consentiva?

"Cosa diavolo stava facendo lui qui?" Jace si tirò indietro con uno sguardo preoccupato negli occhi. "Tu stai bene?"

Lei raccontò dell'ingresso improvviso di Ranger e anche delle sue scoperte. "Mi avrebbe uccisa. Un finto incidente, probabilmente sarebbe sembrato che fossi caduta dalla terrazza." Sembrava ancora incredibile, ma altrimenti perché l'avrebbe spinta all'esterno nel cuore dell'inverno?

"Vado a cercarlo."

"Jace... No. Non puoi andarlo a cercare. Almeno non ora. Non finché non possiamo provare quello che ho scoperto. Se tu affronti lui o Batchelor in questo momento, saremo entrambi in maggior pericolo."

"Non mi piace." Si girò. "Ma tu hai ragione."

Kat si sentì sollevata. Avevano molte cose da fare nelle ore successive. Lei afferrò il computer e indicò il suo riassunto. "Sta succedendo qualcosa di brutto e Ranger ne fa parte. Ne sono sicura. Mi è venuto a cercare perché l'ho visto alla miniera."

"E quindi se lo hai visto? Cosa c'è di male?"

"In apparenza, niente. Io stavo facendo una passeggiata. Il problema è che lui ha guardato il mio computer. Sa che ho trovato qualcosa.

"E anche se tu avessi studiato le società di Dennis? Stavi facendo ricerche per conto mio."

"Non so come, ma lui lo sa, Jace. Deve aver origliato la mia conversazione con Rosemary. Mettendo insieme quello e la mia visita alla miniera ha fatto due più due. Come ho fatto io." Lei non aveva visto Ranger al gala ma forse lui aveva parlato a Rosemary dopo che Kat se n'era andata. "Dobbiamo avvisare Ed stanotte, Jace. Domani è troppo tardi."

CAPITOLO 17

Kat fece scorrere il dito lungo un asse della ragnatela di società che facevano parte dell'impero internazionale di Dennis Batchelor. Il suo grafico rappresentava solo una parte delle proprietà ma era tutto quello che serviva per incriminarlo.

La posizione di Batchelor non era visibile alla gente del posto a causa della struttura proprietaria complessa ma sulla carta era chiaro come il giorno. Possedeva la Regal Gold Mine tramite la Westside Investment. Non lo poteva più nascondere. Lei aveva svelato quella complicata organizzazione.

Kat indicò l'altro azionista importante della Regal Gold Mine del suo grafico: la Pirate Holdings. "Ho un sospetto su chi potrebbe avere l'altra parte consistente di proprietà della società."

"Lasciami indovinare: MacAlister?" Jace si sporse in avanti e fece scorrere il dito sul disegno.

Lei annuì. "Non direttamente, è ovvio, sarebbe un evidente conflitto di interessi con il suo ruolo di ministro dell'ambiente. Non può possedere una società per la quale è responsabile della regolamentazione. Ha assunto alcuni avvocati alle Cayman che fungono da direttori, come ha fatto Batchelor. Ha strutturato le cose in modo da essere invisibile e intoccabile."

"Ma indubbiamente tiene le fila da dietro le quinte."

"Esattamente. È l'altro azionista di maggioranza."

Jace fischiò. "Al diavolo la biografia di Batchelor. Questo è parecchio più interessante."

Kat annuì. "Batchelor ha il 51% e MacAlister il 30%, in totale 81% di proprietà nella Regal Gold Mine. Abbastanza per prendere le decisioni. Ho il sospetto che la Earthstream Technologies stia per completare una nuova valutazione ambientale. E questa volta la Regal Gold Mine guadagnerà un certificato di buona salute."

"Non può farlo," disse Jace. "I risultati falsificati non nascondono i fatti: la gente si sente male se beve l'acqua contaminata. Batchelor è senza scrupoli negli affari ma non rischierebbe delle vite solo per arricchirsi."

"Non deve farlo. Il reportage sarà preciso."

"Impossibile. Anche se si riuscisse a pulire tutta quell'acqua, il terreno resta ancora contaminato. Quella roba ha bisogno di anni per dissolversi."

"A meno che l'inquinamento non sia mai esistito dall'inizio."

"Ma secondo la valutazione della Earthstream è così. L'esame del bacino di decantazione ha mostrato un alto livello di inquinamento..."

Kat sorrise. "Non dimenticare che la Earthstream è una società di Batchelor. Il primo report dice che l'acqua era contaminata quando in realtà non lo era. Ha falsificato i risultati per bene ma nel modo opposto a quello che si potrebbe pensare. Normalmente la gente falsifica i risultati per nascondere qualcosa di cattivo. In questo caso, Batchelor ha nascosto qualcosa di buono. In realtà non c'è niente che non vada nell'acqua."

"Come fai a dirlo?"

"Non posso credere che avrebbe preso in considerazione l'acquisto di un terreno minerario contaminato. Non solo perché è un ambientalista ma anche perché non è il modo in cui lavora di solito. Non ha guadagnato miliardi scommettendo su progetti rischiosi come siti minerari contaminati con rischi inquantificabili. I suoi altri investimenti sono prudenti e lui cerca il guadagno sicuro. È così che sono arrivata a pensare che deve aver contraffatto tutto."

"Com'è possibile? Il bacino di decantazione si è veramente rotto. Non si può fingere."

"Certo, è successo." Annuì Kat. "Questo ha dato a Batchelor l'idea, dato che non era riuscito ad acquistare il terreno in modo scoperto. La gente del posto non voleva vendere e la miniera voleva troppi soldi. Quando è successo l'incidente, la Earthstream è stata assunta per valutare il danno. Lui ha visto l'opportunità perfetta per rendere quelle proprietà meno ambite, e di meno valore, facendo finta che il danno fosse molto peggiore di quello che era in realtà."

"La valutazione dei danni della Earthstream era falsa?" Jace scosse la testa. "È una cosa piuttosto grossa. Qualcuno potrebbe averlo scoperto."

"Non è affatto difficile. È semplicemente un report ambientale. La miniera non era operativa, quindi quando l'incidente è successo hanno assunto una società del posto per gestire l'incidente. La sua società non solo ha valutato il danno, ma ha anche portato a termine il lavoro richiesto per evitare danni ulteriori."

"La Earthstream ha limitato la fuoriuscita prima che qualcosa trapelasse fino al terreno. Ma nessuno lo ha detto alla gente del posto. Batchelor ha lasciato che pensassero che l'acqua era contaminata quando hanno cominciato a preoccuparsi. Ha anche detto ai proprietari assenti esteri della Regal Gold che il danno era molto peggio di quello che era in realtà."

"E per tutto questo tempo l'acqua è stata pulita?"

"Sì. La perdita c'è stata, è ovvio. Solo che non era affatto così grave come tutti pensano. Non lo sapevano nemmeno i proprietari precedenti della Regal Gold Mine. Hanno venduto la società pensando che non valesse niente, che fosse gravata da un enorme risanamento ambientale. Ma la situazione non era per niente così."

Jace fischiò. "L'hanno venduta a Batchelor senza sapere niente?"

"E chi poteva dirglielo?" Kat picchiò con la matita sull'organigramma societario di Batchelor. "Ho trascorso ore a sgobbare sulle relazioni aziendali per completare il quadro. È impossibile fare i collegamenti... finché non lo vedi sulla carta. La Earthstream prepara il report ma l'acquirente è un'altra delle società di Batchelor, la Westside Investment."

L'espressione di Jace si illuminò. "E tutto quello di cui si preoccupava la Regal Gold era la valutazione dei danni e il contenimento della perdita. Hanno pensato di essersela cavata facilmente."

"Sì. In ogni caso avevano in progetto di chiudere la miniera. Era profittevole prima della perdita ma non a sufficienza da giustificare la spesa di milioni per riparare a un enorme disastro ambientale. Batchelor lo aveva capito e si è assicurato che la stima dei costi per risolvere il problema fatta dalla Earthstream fosse più alta dei profitti della miniera."

"Per la Lotus Investment, la proprietaria cinese della miniera, non aveva senso spendere tutti quei soldi. La Regal è solo uno dei tanti investimenti nel loro portafoglio. Dopo l'incidente hanno semplicemente deciso di tagliare le perdite vendendo le azioni."

Jace annuì lentamente. "Capisco dove vuoi arrivare. Dennis gli ha offerto il modo di uscire da una pessima situazione."

"Sì, i titoli erano praticamente senza valore una volta che erano stati resi noti i costi stimati di risanamento per la perdita. La Lotus sapeva che non sarebbero stati trovati altri acquirenti. L'unica offerta è arrivata dalla Westside Investment. La 88898 Holdings è arrivata poco dopo. In realtà si tratta di Batchelor e MacAlister nascosti dietro compagnie offshore."

"E tutto sulla base di una valutazione ambientale della Earthstream."

Kat annuì. "Ma Batchelor e MacAlister alla fine si dovranno

esporre," disse Jace. "Quando daranno il via al progetto di sviluppo."

"Non necessariamente. Creeranno un'altra società di facciata che acquisterà le proprietà dai proprietari attuali. Faranno passare il tutto attraverso qualche altra società per complicare le cose e nascondere il percorso dei soldi. Nessuno si interessa alle transazioni di titoli di una società mineraria quasi in bancarotta."

"Nessuno a parte te." Jace sorrise. "Penso comunque che sia un po' tirata per i capelli."

"Io no e lo dimostrerò." Kat prese un bicchiere dalla credenza e lo riempì con l'acqua di rubinetto torbida. La alzò alla luce e le venne quasi un conato di vomito osservando il liquido torbido.

"Non berla." Jace cercò di strapparle di mano il bicchiere. "E se la tua supposizione fosse sbagliata?"

"Non è una supposizione." Osservò l'acqua. "Ha un brutto aspetto, ma le apparenze qualche volta ingannano."

"Kat, no! È un modo davvero poco scientifico di dimostrare la tua teoria. Facciamo prima un test."

"Non c'è bisogno." Tenne il bicchiere fuori dalla sua portata. "Ora o mai più, tutto d'un fiato."

Buttò giù l'acqua in tre grandi sorsi e appoggiò il bicchiere vuoto sul bancone. "Il sapore è proprio quello dell'acqua di casa. Anzi, meglio."

"Sei pazza!" Jace frugò nel suo borsone da viaggio e prese il kit di pronto soccorso. "Siamo in mezzo al nulla senza nemmeno un ospedale e tu bevi l'acqua avvelenata. Non posso credere che tu l'abbia appena fatto."

"Qualcuno doveva farlo. Tra l'altro, non ho mai bevuto acqua di ghiacciaio prima d'ora." Sorrise. "È deliziosa."

Jace prese la bottiglia del vino dal bancone e ne vuotò quello che restava nel bicchiere di Kat. Prese una piccola bottiglia di purificatore dal suo kit e lo versò nel bicchiere. Mescolò con il dito. "Ecco. Bevi."

Kat sorrise e lo buttò giù. "Se ti rende felice."

Jace scosse la testa. "Sei una persona così logica eppure a volte fai delle cose folli."

"Non sono folle e non ho bisogno di questo." Appoggiò il bicchiere sul bancone. "C'è qualcosa nell'acqua, ma non è velenoso. È solo un colorante alimentare o qualcosa di simile fatto apposta per dare all'acqua un aspetto cattivo. La fanno sembrare inquinata in modo che nessuno possa metterlo in dubbio. L'acqua torbida ha fatto la sua parte."

"Colorante alimentare?"

Kat annuì. "Sono sicura che ci sia un altro nome per qualunque cosa sia questo ingrediente ma funziona sullo stesso principio. Un ingrediente non velenoso che cambia l'aspetto dell'acqua."

"E come è possibile farlo arrivare a tutti dal rubinetto?"

"Ti ricordi dell'acquedotto rotto di cui ha parlato Batchelor? È successo davvero. La sua società, la Earthstream, lo ha riparato. È stata una cosa da poco ma il lavoro gli ha concesso di accedere all'intero sistema idrico del villaggio. Gli ha dato anche modo di falsare l'inquinamento. Ha visto l'opportunità e ne ha approfittato."

"Anche la rottura del bacino di decantazione non è stato un incidente. Ha organizzato tutto lui. La perdita non è mai arrivata a Prospector's Creek o all'acqua potabile. È tutta una messa in scena in modo da poter spaventare la gente." Descrisse i pesci morti e il resto della scena. "I proprietari esteri della Regal Gold Mine non erano nei dintorni per capire cosa stava succedendo. Non volevano riparare la perdita e così quando è arrivata un'offerta spontanea di acquisto ne hanno approfittato subito."

"Ok, capisco il funzionamento. Ma come fai a dimostrare che c'è Batchelor dietro a tutto questo?"

"La cosa più difficile è stata capire l'ultima parte. I proprietari cinesi hanno venduto le azioni alla Westside Investment, una società delle isole Cayman. All'inizio non riuscivo a trovare alcuna connessione con Batchelor finché non ho visto l'indirizzo della Westside nei documenti pubblici di vendita. L'indirizzo era lo stesso delle altre società delle Cayman. La Westside è posseduta da un'altra società, la 247 Holdings. Indovina chi è il proprietario?"

"Batchelor?"

Lei indicò l'organigramma societario di Batchelor. "In cima a tutto, sì. Ci sono alcune altre società coinvolte ma questo è il risultato finale."

"È difficile credere che la rottura del bacino di decantazione sia stata fatta di proposito, comunque. Batchelor è davvero un ambientalista. Perché avrebbe dovuto rischiare il disastro ambientale?"

"Non ha rischiato. Infatti, ha mostrato la sua vera natura perché dall'inizio non c'è stata alcuna perdita. Lui non ha realmente fatto fuoriuscire liquidi contaminati o danneggiato l'ambiente. Ha solo lasciato che sembrasse così."

"Ma il muro del bacino di decantazione è stato rotto. Alcuni inquinanti devono essere usciti. È evidente guardando Prospector's Creek."

"No, non c'è stata alcuna perdita. Il muro è stato rotto dopo aver realizzato il contenimento. Il sito è lontano e lui ha semplicemente utilizzato l'attrezzatura pesante per farla sembrare una rottura. Prospector's Creek e i terreni intorno non sono mai stati in pericolo perché l'area era già in contenimento. È una messinscena fatta per sembrare un disastro. Un disastro che non è mai successo."

"Come gli effetti speciali di un film."

Kat annuì. "Solo alcune persone hanno assistito alla rottura del bacino di decantazione," disse Kat. "Immagina un po' chi erano?"

Jace si grattò il mento. "Batchelor, Ranger, forse il tipo della sicurezza… Lavorano tutti per Batchelor. Nessuna sorpresa che siano arrivati così presto sulla scena per intervenire."

"Esattamente. È una situazione win-win per Batchelor. Non ha mai danneggiato l'ambiente perché è stato tutto predisposto in maniera corretta."

Jace sogghignò. "E i proprietari esteri se ne sono lavati le mani vendendo le azioni. Non vedevano l'ora di sfuggire alla responsabilità. Non hanno fatto domande perché erano sollevati che qualcuno avesse portato via dalle loro mani il disastro ambientale."

"Giusto. E la cosa è passata inosservata. Il titolo è trattato a prezzo basso e solo il passaggio di proprietà è pubblicato nei documenti societari. Non importa a nessuno. La società cinese evita di pagare i costi del risanamento ambientale. Batchelor accetta gentilmente quella responsabilità come parte della vendita."

"Ha avuto tutto quel terreno per quattro soldi." Annuì Jace.

"È così. Ma aveva bisogno anche della proprietà dei Kimmel e loro non volevano vendere. A quel punto le cose hanno cominciato a farsi complicate." Le tornò in mente Ed e si chiese se era andato a vedere le tracce della motoslitta come promesso.

"E ora sono morti." Jace aggrottò la fronte. "Quindi cosa succederà?"

"È quello di cui ho paura. La figlia dei Kimmel, Helen, vive ancora lì. E probabilmente nemmeno lei vuole vendere."

CAPITOLO 18

La nevicata minacciava di riprendere da un momento all'altro. Nonostante fossero passate le tre del mattino, Kat si sentiva sveglia e attenta. Le sue scoperte le avevano dato una scarica di adrenalina.

Dovevano fare tante cose. "Dobbiamo andare alla miniera e prendere dei campioni di acqua del bacino di decantazione e da Prospector's Creek," disse Kat "Le faremo testare e dimostreremo che l'acqua è buona e che i precedenti risultati erano stati manipolati. Quando avremo confrontato i campioni, proveremo l'inganno. Il ruscello e l'acqua potabile sono puri come sempre, non contaminati."

"A dire il vero avresti dovuto fare il test prima di berla." Jace la osservava per vedere se si notavano segni di avvelenamento. "E se ti senti male mentre siamo là fuori?"

Lei scacciò il pensiero con un cenno. "Sapevo che l'acqua era buona. Altrimenti non l'avrei mai assaggiata."

Jace aggrottò la fronte. "È una tua supposizione ma dobbiamo ancora provarlo. Potrebbe essere che per ora non si notino sintomi."

"Non mi succederà niente. Ti ricordi questa mattina a colazione quando Dennis ha aggiunto ghiaccio alla sua acqua? Il distributore del frigo è collegato direttamente alla tubatura. Ci dice che l'acqua non è buona e tuttavia usa il ghiaccio fatto con l'acqua di rubinetto."

"Non potremmo testare semplicemente un cubetto di ghiaccio come campione?"

"No. Abbiamo bisogno di campioni in ogni punto del processo: il bacino di decantazione, Prospector's Creek e il bacino idrico. Dobbiamo dimostrare che a ogni passo tutta la fornitura d'acqua è pulita. Altrimenti c'è una possibilità che qualcuno maneggi la situazione dopo il fatto per nascondere l'inganno."

"Vuoi dire avvelenarla sul serio?"

Lei annuì.

"Dobbiamo andare anche in montagna." Disse Jace corrucciato. "Altrimenti il campione è inutile."

"Troveremo una soluzione."

"Dobbiamo avvisare i manifestanti rimasti. Ranger potrebbe minacciarli."

"Io non so come raggiungere Ed o chiunque altro." Anche con la scomparsa dei Kimmel, i più accesi tra i manifestanti, rimanevano gli altri a fare da ostacolo tra Batchelor e il progetto del resort.

Kat si infilò gli scarponi proprio mentre una luce brillò dalla finestra della cucina. Si avvicinò alla finestra e guardò fuori. L'eliporto era illuminato. I rotori avevano preso vita e il pilota aveva messo in moto. Un gruppo di ospiti stava a una buona distanza alle spalle del velivolo, i bagagli nella neve al loro fianco.

Fu sorpresa che il pilota rischiasse il volo in quel clima tempestoso, soprattutto nel cuore della notte. Probabilmente li trasportava all'aeroporto di Sinclair Junction dove il loro viaggio sarebbe proseguito presumibilmente sul Cessna privato di Batchelor.

Il va e vieni di voli era un serio ostacolo ai suoi progetti. Era impossibile sgusciare fuori e attraversare la proprietà con gli ospiti radunati all'esterno. Arrivavano le voci. Erano troppo lontani per distinguere le parole ma l'atmosfera gioviale di qualche ora prima era svanita. Tutti sembravano tesi e ansiosi. Di sicuro a causa del clima.

Jace era in piedi accanto al letto, di fronte alla porta finestra. "Questo tizio, Ed, non hai nessuna idea di dove abita?"

"Nessuna idea. Non so nemmeno il suo cognome." Eppure dovevano avvisarlo. Quali fossero i piani di Ranger e Burt in qualche modo dovevano riguardare i manifestanti. Lei ne era sicura anche se non aveva prove. Le venne un'intuizione mentre ripensava alla conversazione riguardo le tracce di motoslitta. "Vive nella direzione della discesa della valanga."

"Potremmo rischiare un'altra slavina." Jace si grattò il mento. "Ma dato che la notte la temperatura scende, probabilmente non avremo problemi."

"L'unica altra possibilità è di aspettare fino al mattino. Aspettiamo Ed al blocco prima della manifestazione. Deve passare di lì per arrivare alla miniera." Kat fissò oltre Jace la porta finestra alle sue spalle. La terrazza era illuminata dal bagliore della luce esterna. Sotto la ringhiera coperta di neve, la luce si spegneva all'improvviso nell'oscurità ghiacciata. Si chiese quali altri segreti conservava il canyon.

"Troppo pericoloso," disse Jace. "E odio deluderti ma è quasi mattina." Jace controllò l'orologio. "Tra un paio d'ore arriverà la luce."

Lei sospirò. "Allora è deciso. È il momento migliore." Avevano parlato per quasi un'ora dopo che Ranger se n'era andato. In effetti l'elicottero era tornato e stava caricando un altro gruppo di ospiti. Maledizione, ci sarebbe voluta un'altra mezz'ora prima che riuscisse a caricarli e partire di nuovo.

Jace lanciò un'occhiata fuori dalla finestra. "Non possiamo ancora andare. Ci vedrebbero."

"Usciremo dopo che l'elicottero si sarà alzato, in questo modo avremo una finestra di circa trenta minuti prima del suo ritorno." I voli dell'elicottero erano una complicazione inaspettata. Avrebbero dovuto camminare al buio e accendere le luci solo una volta usciti dalla proprietà.

Kat tornò a pensare a Ranger e alla discussione di poco prima. "Ranger dirà tutto a Dennis. A che ora dovresti rivederti con lui? Se non torniamo in tempo sarà evidente che stiamo combinando qualcosa."

Guardò fuori dalla finestra una luce che danzava sul prato. Un altro ospite entrava nell'elicottero. No, il fascio luminoso si dirigeva verso il loro cottage invece che all'eliporto.

Kat non aveva bisogno di illuminazione per riconoscere i profili dei due uomini.

"Oh oh. È Ranger e c'è Batchelor con lui." A giudicare dal passo deciso, erano arrabbiati. "Sembra che abbiano già parlato."

"Vorrei poter salire su quell'elicottero," disse Jace. "Cosa gli dico?"

"Non so, ma in qualche modo dobbiamo screditare Ranger." Era l'unica possibilità. La loro uscita era rimandata di nuovo. Ma lei si rese conto che lo era anche quella di Ranger. "Se riusciamo a trattenere Ranger qui..."

"Possiamo rimandare l'esplosione." Jace terminò la frase per lei. "Mi farò venire in mente qualcosa."

A posteriori Kat si rese conto che i voli dell'elicottero erano stati un colpo di fortuna. Se fossero già usciti dal cottage, Batchelor e Ranger li avrebbero scoperti e li avrebbero inseguiti, sventando il loro piano.

Fece un salto quando uno degli uomini bussò alla porta. Fece un cenno a Jace e lui li fece entrare.

"Fallo uscire di qui!" Kat indicò Ranger. "Si è introdotto nella mia stanza e mi ha aggredita."

"Non è quello che è successo." Ranger la fulminò guardandola con gli occhi strizzati.

"Neghi di esserti introdotto qui?"

"Stavo controllando..."

Kat afferrò la sua borsa dal letto e superò rapidamente gli uomini. "Io salgo su quell'elicottero. Non appena arriva a terra e posso usare il cellulare, chiamerò la polizia e gli dirò quello che hai fatto. Ma prima lo racconterò a tutti quelli qui fuori."

Jace inizialmente aggrottò la fronte, senza capire cosa stava succedendo

Dopo una frazione di secondo prese a sua volta la borsa e seguì Kat.

"Aspetta un attimo," disse Dennis. "Ranger stava solo controllando il cottage. Non si è reso conto che tu eri all'interno."

"E tu," Kat indicò Batchelor. "Un tuo dipendente ha aggredito me, un ospite. Cosa ne penseranno gli altri?"

All'esterno l'elicottero aveva caricato qualche altra persona e il pilota aveva chiuso la porta. I pochi rimasti erano in attesa sul vialetto, sperando di essere scelti per il viaggio successivo.

"Non puoi andare lì fuori." Dennis cercò di fermarla nell'ingresso.

"Che alternativa ho? Qui non sono al sicuro."

"Okay, okay." Dennis fulminò Ranger con lo sguardo e il suo volto divenne rosso, chiaramente furioso. Si girò verso Kat. "Non avrebbe dovuto fare quello che ha fatto. Me la vedo io con lui. Non verrà di nuovo vicino a te, lo prometto."

Dennis si girò e si diresse fuori senza dire altro, con Ranger alle calcagna. Kat andò alla finestra della cucina e li guardò dirigersi verso l'eliporto. Dennis era in modalità controllo danni, probabilmente cercava Rosemary per interrogarla e capire quali informazioni avesse fornito a Kat.

Almeno Dennis aveva promesso di tenere lontano Ranger. Non che la sua promessa valesse molto, ma lasciava loro un po' di tempo. Sembrava anche che, anche se Ranger ubbidiva agli ordini di Dennis, i suoi metodi non fossero del tutto apprezzati dal suo capo.

Cosa più importante, Ranger era stato depistato. Lei e Jace

sarebbero stati soli e indisturbati per un po', liberi di sgusciare fuori e andare alla miniera.

Ma prima lei doveva assicurarsi la loro sopravvivenza. Non poteva rischiare di lasciare tutto sul computer, dato che non erano ancora fuori pericolo. Ranger o Dennis avrebbero ancora potuto prenderlo e distruggerlo. Non erano al sicuro finché erano sulla montagna, dato che erano gli unici due a conoscere la verità. Una verità che poteva facilmente essere nascosta con un altro incidente.

Jace osservò l'eliporto dalla finestra della cucina per assicurarsi che Dennis e Ranger tornassero allo chalet. "Sono andati, e anche l'elicottero."

Le luci dell'elicottero sbiadivano nella notte mentre si sollevava dall'eliporto.

"Solo un secondo." Lei copiò le sue scoperte in una e-mail e premette il tasto di invio. Jace sarebbe stato furioso se avesse scoperto di questa e-mail ma lei non aveva scelta. Per un giornalista poche cose erano peggio del vedersi soffiare sotto il naso uno scoop, ma era una questione di sopravvivenza.

Le sue azioni erano una salvaguardia... o la cosa più stupida che avesse mai fatto. Pregò che non fosse la seconda, ma non sapeva che altro fare.

"Ora o mai più. Andiamo."

Aveva quasi chiuso il computer quando un messaggio di errore lampeggiò sullo schermo. La e-mail non era partita. Dannata Internet. I soldi di Dennis Batchelor gli compravano potere e privilegi, ma la connessione Internet gli sfuggiva.

Cliccò di nuovo sulla e-mail per cercare di inviarla di nuovo.

Niente. Lo schermo del computer andò in stand by. Stava sempre cercando di accedere alla connessione Internet.

"Forza, Kat. Perderemo la nostra possibilità. Metti giù quella cosa e andiamo."

Lei si infilò gli scarponi e prese la giacca. Prese la sua sacca e vuotò il contenuto del frigorifero.

Jace era già alla porta. "Non abbiamo bisogno di tutto quello."

Lei non era così sicura. Avrebbero potuto non riuscire a tornare al cottage.

Jace era già fuori. Lei si fermò un attimo poi corse indietro al tavolo e infilò nella borsa anche il computer. Lasciarlo forniva a Ranger un ulteriore motivo di distruggerli.

Una coppia aveva già trovato una morte prematura quel giorno e la sorte non era a loro favore.

CAPITOLO 19

Una volta fuori, fecero il giro dietro al cottage e attraversarono il vialetto coperti dall'oscurità. Da lì si diressero verso il sentiero che portava alla recinzione. La gelida aria notturna le diede uno scossone ai polmoni mentre cercava di aggiustarsi il borsone.

I voli inaspettati dell'elicottero e la visita di Dennis e Ranger al cottage avevano ritardato i loro piani. Ora avevano solo due ore prima del sorgere del sole, quindi si diressero alla miniera prima di andare al blocco dei manifestanti. Rintracciare Ed era una questione di fortuna non avendo informazioni di contatto ma alla fine si sarebbe presentato al blocco. Era sulla strada che doveva percorrere per arrivare alla miniera.

In ogni caso, avevano bisogno di campioni dell'acqua dalla sorgente, non solo per il laboratorio, ma anche per dimostrare a Ed e agli altri che non c'era niente di sbagliato nell'acqua.

Un lupo ululò in lontananza, apparentemente nella direzione verso cui erano diretti. Un secondo lupo rispose alla chiamata seguito da un altro e un altro ancora. In pochi minuti un intero branco ululava, le loro grida aumentavano costantemente di volume. Kat rabbrividì.

Non aveva pensato a possibili incontri di animali selvaggi dato che era inverno e nel corso della giornata era stato tutto tranquillo. Gli orsi d'inverno andavano in letargo ma i lupi no. Erano predatori e il cibo era scarso in quel periodo dell'anno. A parte quello che aveva lei nella borsa, che doveva servire nel caso non fossero riusciti a ritornare al cottage. Considerato quanto era stato ostile l'incontro con Ranger, chi poteva dire cosa sarebbe successo?

"Dobbiamo andare più veloce," disse Jace. "Quanto è lontana la miniera?"

"È vicina. Ma è difficile camminare al buio in questo modo." La sua luce non era affatto buona come pensava, lanciava solamente un sottile cono di nemmeno un metro davanti a lei. Il manico le scavava la mano e la borsa le colpiva la coscia a ogni passo. Quel giorno Kat aveva sempre camminato senza trasportare niente e non aveva considerato la difficoltà di percorrere quei sentieri con un peso maggiore. Avrebbero davvero avuto bisogno del contenuto di mezzo frigorifero? Probabilmente no, ma a quel punto era troppo tardi. Le venne anche in mente che era anche l'origine del profumo di cibo che avrebbe attirato qualunque predatore nei dintorni. Era un'esca per i lupi.

"Di questo passo non torneremo mai prima del mattino." Jace fece una pausa per aspettare.

Kat non poteva chiedergli aiuto senza rivelare il contenuto della borsa. Avrebbe significato condividere la sua paura che non riuscissero a tornare al cottage. In ogni caso ormai non c'era possibilità di tornare indietro. L'operazione era stata messa in movimento a partire dal suo litigio con Ranger.

Ricominciò a nevicare in soffici fiocchi. Anche se la neve attutiva i loro passi, lasciava tracce più nette. La loro destinazione sarebbe stata evidente a chiunque li avesse seguiti. Non l'aveva considerato quando aveva progettato il piano. Chiunque avesse organizzato la trappola sarebbe stato anch'egli in giro nelle ore prima dell'alba e inevitabilmente i loro percorsi si sarebbero incrociati.

Spostò la borsa sulla spalla opposta e cercò di ignorare il dolore, che si era trasformato in un pulsare sordo. Ormai c'erano dentro fino al collo e non potevano rientrare senza rischiare di essere scoperti.

Il rumore delle pale dell'elicottero tagliò il silenzio sopra di loro. Indietro per un altro carico.

Raggiunsero un bivio nel sentiero. "Da quella parte." Kat indicò la sinistra e seguirono la strada verso la miniera. Ora erano vicini. Dovevano sperare che il guardiano della miniera fosse assente durante la notte. Se non era così lei non aveva un piano di riserva.

Arrancò su per la collina dietro a Jace e dopo un'eternità arrivarono alla miniera. Kat indicò il capanno. "Lasceremo la nostra roba là, così non dobbiamo portarcela intorno. Se ci sono problemi possiamo tornare a riprenderla più tardi." Non vedeva l'ora di liberarsi di quel carico pesante e non aveva senso portarselo fino al bacino di decantazione. Le borse sarebbero rimaste all'asciutto nascoste nel capanno mentre loro raccoglievano i campioni d'acqua.

Seguì Jace fino alla porta anteriore del capanno e fu sollevata quando vide che non c'erano mezzi nel parcheggio.

Jace armeggiò con il lucchetto. "Non possiamo entrare. È chiuso. Forse dovremmo lasciar perdere."

"E se dovessimo darcela a gambe? Almeno le nostre borse saranno al sicuro finché raccogliamo i campioni. Tra l'altro, mancano ancora alcune ore prima che possiamo sperare di vedere Ed arrivare al blocco. Dobbiamo aspettare da qualche parte."

"Certo, se riesco ad aprirlo. Ma non ho nessun attrezzo."

Kat fissò il lucchetto nuovo e luccicante chiuso al suo posto. Il guardiano ovviamente l'aveva sostituito dopo la sua visita. Si lasciò cadere sul lato del capanno, demoralizzata.

"E ora?" Aveva confidato anche nel fatto che il capanno sarebbe stato un buon posto per nascondersi, nel caso fossero stati scoperti. A seconda di chi avessero incontrato prima del mattino, sarebbe stato necessario.

"Rilassati," disse Jace. "Abbiamo tempo. Cerchiamo qualcosa per tagliarlo o aprirlo."

"Guarderò intorno, vediamo cosa troviamo." La neve cadeva più fitta, coprendo tutto con disordinati fiocchi umidi. Kat trovò parecchie attrezzature arrugginite ma nessuna parte che si potesse staccare e fungere da taglierino improvvisato o piede di porco.

Sentì alle sue spalle un rumore di vetri rotti. Si girò ma non riuscì a vedere Jace. Guardò intorno all'edificio. Jace aveva rotto una finestra laterale con un mattone. Ora potevano arrampicarsi ed entrare da lì. Sospirò per il sollievo. Avevano un riparo sicuro, anche se non si sarebbe aspettata di dover rompere una finestra.

"Mi dispiace, ma ho pensato che fosse meglio risparmiare tempo." Tolse le schegge di vetro con il guanto. "E abbiamo bisogno di un piano di riserva. Non sappiamo chi potremmo incontrare."

Era anche una buona idea, dato che il lucchetto rotto o mancante li avrebbe fatti scoprire. Una finestra laterale era meno ovvia.

Lei annuì. "Un po' mi aspetto di vedere Ranger. C'è un motivo se mi voleva fuori su quel parapetto." Brividi le percorsero la schiena mentre si immaginava di cadere in fondo al canyon.

Diede un colpo al suo borsone, confortata dagli angoli di plastica dura del computer. Tutto quello che era rimasto nel cottage poteva essere sostituito.

Jace la sorprese mostrandosi d'accordo. "Sono sicuro che ha provocato in qualche modo quella valanga. Sa che hai scoperto qualcosa e vuole zittirti. Dennis non lo fermerà, perché è quello che vuole. Terrorizzare le persone in modo che rinuncino alla loro terra."

Jace fece un cenno verso la finestra e intrecciò le mani per aiutarla ad arrampicarsi. Kat lasciò cadere la borsa e salì entrando dalla finestra.

"Cosa c'è qui dentro? Sassi?" Jace sogghignò sollevando la borsa.

"Solo una piccola assicurazione." Prese le borse prima di aiutarlo a entrare. Appoggiò i carichi in un angolo dietro ad alcuni attrezzi. Nessuno l'avrebbe notato a meno di non mettere a soqquadro il posto.

Jace saltò giù e si spazzolò le mani. "Direi che questa sistemazione è da una stella rispetto a quella precedente."

Accese un fiammifero e si guardò intorno nel capanno. Le attrezzature lanciavano strane ombre simili a dinosauri nella poca luce. A parte i fiammiferi, non avevano altra illuminazione. Nemmeno riscaldamento. Un bel contrasto rispetto al cottage lussuoso e Kat quasi desiderò di averci trascorso più tempo.

Jace accese un altro fiammifero. "Vorrei che potessimo accendere un fuoco all'esterno." Lunghe ombre gli attraversavano il volto mentre si sedeva davanti a delle scatole impilate.

Fiammiferi.

Dinamite.

Jace sedeva a meno di mezzo metro. Lei gli afferrò la mano e spense il fiammifero.

"Perché?"

Una ventata di aria fredda soffiò dalla finestra rotta. Il cielo stava lentamente assumendo un colore rosato all'avvicinarsi dell'alba. Kat rabbrividì. "Te lo dico dopo." Non c'era tempo per il panico. "Andiamo a prendere quei campioni." Arrampicarsi sulla finestra per uscire sembrava uno sforzo inutile ma gli assicurava un rifugio sicuro fino alla mattina. Kat frugò nella borsa e ne estrasse un paio di bottiglie vuote. Ne passò una a Jace. Andremo prima al bacino di decantazione."

Non aveva il coraggio di dirgli che il rifugio appena trovato era un capanno pieno di dinamite.

CAPITOLO 20

Il bacino di decantazione era completamente ghiacciato. Kat cercò una pietra e picchiò sul ghiaccio per diversi minuti prima di riuscire a romperlo e raggiungere l'acqua sottostante.

Aveva appena raccolto il campione di acqua del bacino quando l'elicottero passò di nuovo sulle loro teste. Il rumore delle pale si intensificava all'avvicinarsi del velivolo. Rimase immobile, nell'attesa che il rumore diminuisse e il mezzo arrivasse all'eliporto di Batchelor. Invece, il rumore si intensificò. L'elicottero non stava sorvolando la miniera; stava scendendo.

"Stanno venendo a prenderci, Jace." Kat lo toccò sulla spalla. "Siamo in trappola." Ranger e Dennis in qualche modo sapevano che erano in quel posto, anche se non avevano incontrato nessuno, nemmeno il guardiano notturno. Probabilmente li avevano notati con delle videocamere di sorveglianza. Erano venuti a prenderli una volta che gli ultimi ospiti di Batchelor erano stati portati all'aeroporto.

Jace piegò il collo e perlustrò il cielo scuro. "Lo sento ma non riesco a vedere niente con la copertura delle nuvole."

Kat saltò in piedi. "Faremmo meglio ad andarcene finché possiamo."

"Aspetta… Magari è quell'altro gruppo di manifestanti. Possono aiutarci."

"Sono troppi per venire in elicottero." Ed e Fritz avevano parlato entrambi di almeno una decina di attivisti. Oltretutto, quelli manifestavano solo durante i giorni della settimana e non di sabato. "Ranger ha visto lo schermo del mio computer e sa che ho scoperto che la miniera è di proprietà di Dennis. Saprà che siamo qui per raccogliere campioni d'acqua."

"Non sa ancora cosa hai pensato."

"Forse no ma sa che porterò alla luce le tattiche subdole di Dennis." Dennis aveva fatto di tutto per nascondere la sua proprietà tramite una rete di società segrete. Avrebbe fatto qualunque cosa per mantenere questo segreto. Anche se doveva arrivare all'omicidio. "Andiamo."

"Ma dove? Se corriamo al capanno, ci vedranno attraversare il parcheggio." Jace guardò verso il cielo. I pattini dell'elicottero sbucavano tra le nubi una cinquantina di metri sopra di loro, seguiti dal corpo del mezzo. Il parcheggio si accese di una luce fioca per il riflesso delle nuvole. Il circolo di luce si ampliò mentre l'elicottero scendeva. Folate di vento li circondarono. In meno di un minuto sarebbero stati esposti alle luci dell'elicottero.

Senza la copertura dell'oscurità erano privi di difesa.

Kat indicò il tunnel della miniera mentre il rumore aumentava. "Corri!"

Il proiettore dell'elicottero trasformò il parcheggio prima dell'alba in uno strano paesaggio alieno. Luci blu e bianche danzavano sulla neve, il set di un film sotto zero.

Arrancavano verso il tunnel e l'oscurità ma il proiettore li seguiva.

Kat si sentì come un animale in un documentario sulla fauna selvatica, inseguita da nemici invisibili sopra di lei. Dovunque si girassero, non potevano evitare il pericolo.

CAPITOLO 21

Kat si piegò in due in uno spasmo di tosse appena riuscirono a entrare nella miniera. I suoi polmoni erano in fiamme per lo sprint nell'aria fredda. Appoggiò una mano sul muro della caverna. Era polveroso e ruvido.

Non riusciva a vedere Jace nell'oscurità assoluta ma sentiva il suo respiro affaticato.

Fu grata di aver lasciato perdere la borsa, altrimenti non ce l'avrebbero mai fatta. Ma se avessero trovato il suo computer? Era nascosto bene dentro al capanno ma la finestra rotta era una traccia evidente che invitava alla ricerca all'interno. Il computer conteneva l'unica prova definitiva dell'inganno di Batchelor, a parte il campione di acqua che teneva in mano. "Penso che ci abbiano visti."

"Forse sì, forse no," disse Jace. "Continua a muoverti. Dobbiamo riuscire a non farci sentire." I suoi passi echeggiarono nella profondità del tunnel. "Il rumore li porta qui."

Kat seguì la sua voce che sembrava allontanarsi. Dopo un paio di metri colpì un muro. Letteralmente. Si fece male al naso grattandolo sulla dura roccia e tossì per la polvere. Semplicemente non poteva correre alla cieca. Le miniere erano posti pericolosi.

Imprecò sottovoce. Nell'oscurità non aveva notato la svolta improvvisa a novanta gradi nel muro della miniera.

"Muoviti." La voce di Jace echeggiava nel tunnel da qualche parte davanti a lei. L'aria nella miniera era fredda e umida e Kat era cieca nell'oscurità completa. Lottava per mantenere lo slancio ma non riusciva a vedere dove stava andando. "Aspetta, non penso che dovremo andare più avanti."

La voce di Jace rispose provenendo da qualche metro più avanti. "Dobbiamo. C'è una possibilità che non ci trovino. Forse non ci hanno visti là fuori."

Kat si trascinò a stento avanti, sempre più a disagio dopo ogni passo. "È ovvio che sanno che siamo qui. Ci siamo messi in trappola da soli." Il suo volto arrossì e si sentì claustrofobica.

"Kat?" Jace era avanti a lei di una decina di metri, nelle profondità della miniera. "Dove sei?"

Lei stava per rispondere quando sentì dei passi all'entrata del tunnel.

Il cuore cominciò a battere forte. Erano in trappola. Non potevano andare da nessuna parte.

Doveva raggiungere Jace e rapidamente. Accese la torcia del telefono nascondendola con la mano per proiettare un raggio solo davanti a sé. Guardò sempre davanti cercando di non far caso ai muri che si stringevano e il soffitto che si abbassava. Fece un salto sentendo una roccia cadere da qualche parte più avanti.

Fece un sospiro di sollievo quando vide davanti a sé la schiena di Jace. Barcollò per raggiungerlo. La luce della sua torcia cadde su delle scatole di legno vuote. Avevano la stessa scritta di quelle trasportate da Ranger e Burt.

Esplosivi.

"Kat? Spegni quella luce."

"No. Guarda qui." Proiettò la luce sul detonatore degli esplosivi. Si rese conto troppo tardi che avevano commesso un errore fatale.

Probabilmente c'era un timer impostato in modo che l'esplosione avvenisse durante la manifestazione. "Questo posto è una trappola esplosiva."

Jace imprecò a bassa voce. "Deve essere qui che avevano progettato di farlo."

"Il parcheggio era troppo ovvio." Il cuore di Kat fece un salto. "Ranger e Burt hanno progettato di raggruppare i manifestanti qui dentro dove il rumore dell'esplosione sarebbe stato attutito. Nessuno sentirà niente."

Si erano diretti proprio nella trappola mortale.

"Probabilmente costringeranno i manifestanti a entrare con i fucili." La voce di Jace era bassa e tranquilla.

"Ora capisco." Kat aveva la voce spezzata. "Faranno scoppiare le cariche e incastreranno i manifestanti facendolo sembrare un incidente. Tutti penseranno che abbiano sabotato il tunnel della miniera facendolo esplodere quando invece sono loro le vittime. Sembra che abbiamo sventato il loro piano."

La sua luce proiettava ombra sul volto di Jace mentre lei cercava di valutare la sua reazione.

"Ora siamo le vittime." Lui spalancò gli occhi. "Faranno esplodere noi."

Avevano fatto un errore fatale. Gli esplosivi venivano usati nelle miniere comunemente. Era una cosa normale per una società mineraria, anche se ultimamente era rimasta inattiva. Chiunque avesse sentito l'esplosione non ci avrebbe pensato due volte.

La miniera era chiusa, era isolata e nessuno a parte chi li aveva catturati sapeva che loro erano lì.

E c'era più di un detonatore. Kat seguì la traccia con la luce della torcia. Percorreva il muro fino all'entrata della miniera. Il detonatore nella caverna poteva essere di scorta o forse era azionato da remoto. Non ne sapeva abbastanza di esplosivi. E non voleva saperlo.

Una voce profonda risuonò nel tunnel. "Fuori di qui, subito!"

Lei tossì, una reazione involontaria alla polvere.

"Forza."

Kat si girò nella direzione della voce dell'uomo. Non sembrava Dennis o Ranger. Sentì battere il cuore rendendosi conto che non c'era via di fuga. Qualunque cosa avessero fatto, avrebbero dovuto comunque uscire.

Poteva essere una cosa positiva, perché significava che l'esplosione non era imminente. Avevano guadagnato un po' di tempo e la possibilità di sfuggire.

"Forse è il guardiano," disse Kat... ma non ne era convinta. Anche se l'eco della caverna distorceva la voce, chi parlava sembrava più giovane e più forte dell'uomo anziano che aveva incontrato quella mattina.

"Non sembra la voce di Ranger. Non penso che sia nemmeno Burt."

"Chiunque sia, è meglio che facciamo quello che dice." Jace le strinse la spalla. "Non fare mosse improvvise finché non sappiamo cosa vuole."

La baciò prima di girarsi verso l'apertura della miniera. "Seguimi."

Il cuore di Kat batteva a grande velocità mentre immaginava le conseguenze.

L'esplosione sarebbe stata abbastanza forte da distruggere il capanno sul lato opposto del parcheggio? Qualcuno avrebbe potuto trovare le prove contenute nel computer e rivelare la verità. Era abbastanza improbabile dato che chiunque nella zona alla fine lavorava per Dennis Batchelor. E non aveva dubbi che Ranger avrebbe passato al setaccio quel posto per eliminare qualunque prova incriminate.

Fece un respiro profondo e seguì Jace verso l'esterno. Non aveva niente da perdere e non se ne sarebbe andata senza lottare.

CAPITOLO 22

Jace strinse la mano di Kat mentre facevano all'indietro il percorso verso l'entrata della miniera "Chi c'è lì?"

"Jace, sono io, Gord. Sto entrando."

"Gord? Ma che diavolo?" Jace era incredulo. "Cosa stai facendo qui?"

"Kat non te l'ha detto?"

Un raggio di luce entrò nella miniera, accecandoli momentaneamente.

"Dirmi cosa?" Jace fece una pausa. "Aspetta… Non entrare. Veniamo fuori noi."

Kat tirò un sospiro di sollievo. Dopo tutto la e-mail aveva raggiunto la sua destinazione. Qualche volta i miracoli accadevano sul serio.

Tornarono indietro e camminarono lungo il filo che correva dal detonatore verso l'entrata della miniera. Era posato con poca precisione e avrebbero potuto facilmente inciamparci nell'oscurità. Una tirata sarebbe stata sufficiente per staccarlo dalla carica? Kat non sapeva niente di esplosivi e preferì lasciare tutto com'era.

Jace la tirò per il braccio. "Forza. Non dobbiamo perdere tempo."

Arrancò verso l'entrata e Kat lo seguì. Qualche minuto dopo inalarono di colpo l'aria ghiacciata. Non l'avevano mai trovata così buona.

"Cavolo, sei davvero tu," disse Jace. "Non hai idea di quanto sono felice di vederti."

Gord Dekker era in piedi all'ingresso, con una torcia ad alta potenza nella mano destra. Tecnicamente era un concorrente di Jace, dato che lavorava per il *Daily Beat* dopo aver lasciato il *Sentinel* all'inizio dell'anno.

Kat corse verso Gord e lo abbracciò. "Hai ricevuto la mia e-mail! Non pensavo che fosse partita." Non aveva avuto il tempo di chiudere il computer in modo appropriato quando erano usciti di corsa dal cottage. Il suo programma di posta elettronica aveva reinviato il messaggio. La scarsa connessione Internet doveva essere rimasta in piedi a sufficienza perché il messaggio arrivasse a Gord.

Gord si allontanò e avvolse il braccio intorno alle spalle di Kat. "Non riuscivo a immaginare che mi avessi offerto uno scoop invece di darlo al tuo ragazzo. Ho capito che dovevate essere nei guai."

Jace assunse un'espressione esageratamente scioccata. "Hai dato la storia a Gord?"

"Avevo bisogno di un piano di riserva con qualcuno di cui potevamo fidarci. Ho pensato che Gord avrebbe controllato i fatti e reso pubblica la storia più avanti se ci fosse successo qualcosa." Lei si staccò dal suo abbraccio. "Ma non pensavo che lo avresti fatto nel cuore della notte."

"Siete fortunati che soffro d'insonnia." Gord si girò verso Jace. "Pronto per andare?"

"Non ancora," Jace indicò dall'altra parte del parcheggio. "Dobbiamo prima prendere le nostre borse da quel capanno."

Kat seguì i due uomini che attraversavano il parcheggio. Il suo disagio crebbe all'avvicinarsi dell'alba e non vedeva l'ora di essere per aria nell'elicottero. Il percorso di ritorno verso il capanno sembrava richiedere un'eternità. Sperò che l'elicottero non attirasse attenzioni indesiderate.

Jace si arrampicò attraverso la finestra e passò loro le borse, poi tornò fuori. "Dove hai trovato un elicottero?"

"È quello del giornale." Gord sogghignò. "Me lo lasciano prendere in prestito. Con il pilota, ovviamente, e un paio di fermate per il carburante. E a proposito di quello, dobbiamo muoverci. Il carburante è costoso."

La luce dell'elicottero brillava come un faro all'estremità del parcheggio mentre si dirigevano in quella direzione.

"Cominciavo a pensare che ce l'avessimo fatta," disse Jace. "Sembra che ci siamo fermati più di quanto fossimo benvenuti."

"Il tempo è tutto." Gord fece per prendere la borsa di Kat e buttarsela sulla spalla. "La tua storia è nell'edizione del mattino. È a firma mia per il momento con entrambi voi citati come fonti anonime. Rivelerò le vostre identità più tardi, quando sarete al sicuro." Si girò verso Jace. "Ho pensato che tu non volessi avere pubblicità in questo momento."

"Io non voglio che il mio nome sia reso pubblico." Kat rispose per lui. Lei preferiva nettamente stare dietro le quinte.

"Hai fatto bene. Non finché siamo fuori da questo posto." Jace fece per andare all'elicottero. Le pale cominciarono a roteare. "E questo mi ricorda che non abbiamo molto tempo."

Aveva appena detto quelle parole quando dei fari illuminarono il parcheggio. Le ruote del veicolo filavano sulla neve mentre si dirigeva verso di loro.

Ranger.

"Corri!" Il Landcruiser accelerò e si diresse proprio su Kat.

Il SUV era a meno di dieci metri. Si avvicinò minacciando di tagliare la strada all'elicottero.

Lei costrinse le sue gambe a correre verso la porta aperta del velivolo. Jace era già lì, Gord poco davanti a lei. Lottò contro il vento dei rotori.

"Andiamo!" Gridò Gord. Si girò e le afferrò il braccio.

Il SUV di Ranger inchiodò e si fermò a pochi metri dal velivolo. L'uomo saltò giù e agitò le mani verso di loro. "Non potete andarvene… Tornate qui!"

Kat era a malapena riuscita a salire all'interno quando l'elicottero si alzò. Era preoccupata che la porta fosse ancora aperta mentre ondeggiavano verso l'alto. Si aggrappò al sedile per mantenersi in equilibrio mentre salivano di cinque, dieci, venti metri finché finalmente si stabilizzano.

Gord tirò la porta per chiuderla. In pochi secondi erano a cinquanta metri, poi novanta metri sopra il parcheggio. Ranger e il suo SUV, sotto di loro, sembravano trasformati in giocattoli inoffensivi.

Le prime luci dell'alba ricordarono a Kat delle precarie condizioni atmosferiche mentre il pilota lottava per mantenere stabile l'elicottero. Sentì girare lo stomaco mentre si allacciava la cintura di sicurezza.

Qualche minuto dopo il viaggio divenne più agevole perché il pilota aveva raggiunto un'altitudine maggiore e quindi maggiore stabilità. Si girò verso Gord, per assicurarsi che arrivasse aiuto anche a Ed e agli altri manifestanti del luogo.

Lei parlò ma la sua voce non si sentiva con il rumore del velivolo.

Gord le passò delle cuffie e fece cenno di indossarle. Anche Gord e Jace le indossarono.

"Il pilota ha appena avvisato la polizia." Sentì crepitare nelle orecchie la voce di Gord. "Arresteranno Ranger e Burt per il sabotaggio con gli esplosivi. Contatteranno il mio editor per avere il tuo file. Potrebbe volerci qualche ora per fare altro, dato che hanno bisogno di supporto investigativo da un dipartimento legale in questi paraggi. Limiteranno l'accesso al sito della miniera immediatamente e si assicureranno che nessuno arrivi lì. Le cose procederanno più speditamente quando arriveranno gli investigatori dai dipartimenti limitrofi."

L'aiuto dall'esterno era una cosa positiva, perché Batchelor era abituato a comandare nella piccola Paradise Peaks. Probabilmente gli agenti del posto erano pagati da lui. Dopo tutto, avevano semplicemente creduto alla parola di Ranger piuttosto che indagare sulla valanga. Erano corrotti oppure incompetenti.

Le venne un'idea. "Chiedigli di mettersi in contatto con un manifestante di nome Ed. La gente del posto sa di chi sto parlando. Le sue fotografie della scena della valanga dimostreranno che non è stato un incidente." Non aveva prove a parte la sua intuizione.

Gord annuì. "I tuoi appunti sulla valanga e il racconto di testimone oculare sugli esplosivi sono sufficienti per interrogare Ranger e Burt anche su quello. Sarà difficile dimostrare la valanga, comunque."

"Dubito che Batchelor vorrà collaborare," disse Jace. "Come si può fare per evitare che voli verso qualche altro Paese? Potrebbe semplicemente trasferirsi offshore dove sono i suoi soldi."

"Penso che resterà. In positivo o in negativo adora le luci della ribalta e il suo ego si metterà in mezzo," disse Kat. "È sicuro che Ranger si prenderà la colpa al posto suo. Ma io non penso che sarà così."

"Perché no?" Chiese Gord. "Probabilmente è pagato bene anche per questo."

"Non si tratta di soldi," disse Kat. "Ranger si è sentito tradito quando Batchelor non ha preso le sue difese riguardo l'azione contro di me nel cottage. Secondo me non era la prima volta. I manifestanti di fuori città? Dennis li ha assunti per creare un po' di casino. E rubare i riflettori, per così dire, al gruppo di manifestanti del luogo. Si trattava di manifestanti pagati che lui poteva controllare."

"All'inizio ho pensato che fossero inventati, un'altra idea di Batchelor per spaventare i locali. Ma Ranger ha detto di non saperne niente. E sembrava anche piuttosto arrabbiato nei loro confronti."

"Come braccio destro di Dennis Batchelor, avrebbe dovuto saperlo. Mi sono resa conto quindi che Dennis aveva dei segreti con Ranger. Deve averlo scoperto anche Ranger. Un tizio come lui lo percepisce come un tradimento. Perché dovrebbe mettere a rischio la sua vita per Dennis, quando Dennis non è sincero con lui? Si è sentito usato e in questo momento probabilmente sta ripensando alla fedeltà al suo capo. Dopo tutto, è lui che viene arrestato, non Dennis. Ho la sensazione che metterà in piazza il ruolo di Batchelor."

Jace annuì. "Non si prenderà la colpa per un omicidio. Nessun lavoro ne vale la pena."

Kat non poteva essere più d'accordo. Guardò fuori dal finestrino dell'elicottero il sole che sorgeva illuminando le montagne da dietro. Era sollevata di lasciarsi la vallata, e i problemi, alle spalle.

Era stato un fine settimana infernale e non era ancora finito. Che ironia che dovesse prendersi una vacanza dal weekend di vacanza.

CAPITOLO 23

La domenica mattina sorse come un classico giorno di dicembre a Vancouver: grigio, spento, monocromatico. Niente di eccessivo; anche le montagne erano nascoste dietro un velo di nubi e foschia. Qualche volta la noia era confortante. Quel giorno sembrava addirittura fantastica. Kat osservò la pioggia gocciolare giù dalla finestra.

Kat, Jace e Gord erano nell'ufficio in centro di Gord, al *Daily Beat*. Si erano diretti subito al suo ufficio al ventinovesimo piano sul porto di Vancouver quando l'elicottero era atterrato alcune ore prima. Kat non dormiva da quasi ventiquattro ore ma chiudere gli occhi era l'ultimo pensiero che aveva.

Il *Daily Beat* era andato in stampa con la storia degli oscuri maneggi di Batchelor come storia principale a un'ora dall'arresto di Burt, Ranger e Dennis.

Lei si sporse per vedere più da vicino il monitor di Gord. Il titolo in prima pagina la fissava di rimando:

Dennis Batchelor: svelato l'inganno del miliardario ambientalista

"Non sarei riuscita a dirlo meglio io stessa." Stava per distogliere lo sguardo quando vide la firma. Le mancò il fiato alla vista del suo nome. "Ma perché a mio nome? Pensavo che fossimo fonti anonime."

"Non mi sembrava giusto. Dopo tutto è la tua storia. Hai scoperto tu la corruzione, e io non me la sento di prendermi il merito. Ho fatto solo alcune modifiche finali."

Kat sogghignò. "Ora sono esposta."

"Si sono concentrati tutti sui colpevoli nella storia, non su di te." Gord sorrise. "Ma il mio capo ti vuole parlare. Qualcosa riguardo il diventare un'opinionista ospite."

Jace sospirò.

"Ci penserò." Non le piaceva essere al centro dell'attenzione e, anche se il lavoro sembrava interessante, aveva avuto abbastanza avventure per un intero anno. Tra l'essere sul punto di saltare per aria e l'inaspettato giornalismo investigativo, aveva ritrovato l'amore per il suo lavoro come contabile forense e investigatrice di frodi.

E aveva un buon numero di casi di cui occuparsi.

Dopo Natale, ovviamente.

Gord scorse in giù la pagina dove c'era una seconda storia. Questa esponeva le lobby e la corruzione del governo, con dettagli succosi sufficienti a generare un'indagine e un'inchiesta pubblica riguardo gli affari di Batchelor con la miniera. Anche se la storia era stata resa pubblica solo qualche ora prima, ne parlavano tutti. Confermava solamente il sospetto del pubblico della corruzione politica. Ora c'erano prove concrete.

"Uno sguardo approfondito ai fondi della campagna di George MacAlister," disse Gord. MacAlister era già stato sospeso dal suo incarico e il governo si era messo completamente in modalità controllo danni. Si considerava anche la possibilità di formulare accuse penali contro lui e Dennis Batchelor per corruzione.

"Quando hai trovato il tempo di scrivere una seconda storia?" Chiese Kat.

"Sul volo in elicottero. Tu avevi la maggior parte dei dettagli. Io ho aggiunto i contributi della campagna dell'ultima elezione."

"Dennis ha finanziato quasi completamente quella campagna in modo che potessero entrambi approfittare di affari nascosti sui terreni." Jace scosse la testa.

Gord annuì. "È di pubblico dominio anche la proprietà segreta di MacAlister nella miniera. Lasciare l'incarico è la minore delle sue preoccupazioni. A parte l'evidente conflitto di interessi, dovrà subire accuse penali per quanto riguarda il disastro ambientale."

"Ma l'acqua non è mai stata inquinata," disse Jace.

"Lui ha volutamente disinformato le persone su Prospector's Creek. Un avvocato della Corona sta valutando le accuse specifiche in questo momento. Qualunque sia il risultato, ci sono pesanti sanzioni per la falsificazione di valutazione di impatto ambientale." Gord intrecciò le mani dietro la testa. "La sua avidità ha messo in pericolo il pubblico e l'ambiente."

"A proposito di ambiente, cosa pensi dell'offerta di pace di Dennis?" Kat era rimasta sorpresa per la prontezza di reazione di Batchelor riguardo la stampa negativa. Nel tentativo disperato di riconquistare il favore del pubblico, aveva annunciato l'intenzione di donare la proprietà risanata della Regal Gold Mine perché venisse utilizzata come parco pubblico e aveva scelto anche il nome. Great Bear Park non piaceva a Kat, ma il pubblico sembrava apprezzarlo. Chi gestiva il marketing per Batchelor, almeno, aveva trovato l'oro.

"È semplicemente un tentativo velato di tirarsi fuori dai guai," disse Gord. "Non sono nemmeno sicuro che sia una promessa che può mantenere. La Lotus Investment, il proprietario precedente, ha intenzione di citarlo per ottenere indietro la miniera. Vogliono che la transazione di vendita sia liquidata perché era basata su informazioni fraudolente."

Kat all'improvviso fu sopraffatta dalla stanchezza. Aveva trascorso veramente solo un giorno nel mondo di Dennis Batchelor? Sembrava essere sorto un altro giorno dello stesso genere ed era solo mattina. "Il lavoro di un'intera giornata e la giornata è appena iniziata."

"Facile per te dirlo." Sospirò Jace. "Io ho davanti a me ancora un'altra giornata piena. Devo finire la bozza per Batchelor."

Gord era incredulo. "Non starai mica ancora facendo il ghost writer per la sua biografia?"

"Certo che sì. Il mio contratto legalmente vincolante dice che mi deve centomila dollari al completamento. Ho intenzione di ricevere quello che mi deve."

"Non ti pagherà mai," disse Gord. "Soprattutto ora che è tutto pubblico."

"Mi deve pagare quando avrò rispettato la mia parte dell'accordo. Una biografia scritta al posto suo, come da contratto," disse Jace. "Probabilmente non sarà mai pubblicata con tutto quello che è successo e questo mi va benissimo. Non m'interessa che cosa ne fa ma mi deve pagare. E sarà meglio che lo faccia se non vuole un altro processo."

Jace era sorprendentemente rilassato, pensò Kat. "E tu che pensavi che non avresti mai scritto un libro."

"Aspetta finché non vedrai il prossimo," disse. "Una biografia non autorizzata che metterà in evidenza gli affari sporchi e la corruzione di Batchelor. Molto più interessante della versione scritta per lui."

"Un best seller sicuro," disse Gord. "La gente è curiosa di vedere messi in piazza i suoi segreti."

E Batchelor di sicuro ne aveva tanti.

"Io spero che anche Dennis vada in prigione." Disse Kat. "Indirettamente è responsabile della morte dei Kimmel."

Gli investigatori avevano trovato i progetti segreti di Batchelor per il nuovo resort quando avevano perquisito il suo chalet meno di un'ora prima. Quando avesse avuto tutto il terreno di cui aveva bisogno, avrebbe dichiarato di aver risanato la miniera e sarebbe diventato un eroe. Il nuovo rapporto ambientale avrebbe dimostrato che il sito della miniera e Prospector's Creek erano completamente risanati dal disastro ambientale che in realtà non era mai avvenuto.

Davvero tragico che i Kimmel non fossero arrivati a vedere la vittoria guadagnata così duramente. Alla fine avevano vinto, ma nel farlo avevano perso tutto.

La nuova strada di Batchelor non sarebbe stata costruita e la strada esistente non sarebbe nemmeno stata ritoccata. Sarebbe rimasta com'era, mantenendo Paradise Peaks lontano dai percorsi battuti e difficile da raggiungere. L'unico cambiamento era che il villaggio avrebbe avuto una strada di accesso migliorata a condizione che il territorio restasse incontaminato.

Sarebbe tornato tutto indietro nel tempo, a cinque anni prima, prima che Batchelor desse il via alle sue manipolazioni. Qualche volta il migliore dei progressi era nessun progresso.

Ed Levine aveva ragione quando diceva che ambientalismo era una parola cittadina, e le parole non sono niente senza la sostanza.

Percorrendo un cammino, non c'è bisogno di dargli un nome per percorrerlo nel modo giusto. Non devi attirare l'attenzione. Quando c'era stato qualcosa da raccontare, comprare o seguire, la verità si sarebbe persa per strada.

Kat fissò all'esterno il panorama piovoso. Anche con la neve di Paradise Peaks non si era sentita nello spirito natalizio fino a quel momento. Si girò verso Jace. "Sai, non ho mai davvero avuto quella vacanza di un weekend che mi hai promesso. Dopo aver lavorato tutto il fine settimana, ho bisogno di rilassarmi."

"Un posto carino e tranquillo?" Il volto di Gord non tradiva alcuna emozione. "Potrei mandarti in assegnazione in Lussemburgo. Ho sentito che ci sono alcuni trasferimenti di denaro sui quali si potrebbe indagare."

"Questa volta passo." Rise Kat. "La casa mi sembra sempre più il posto migliore."

La neve aveva imbiancato le cime delle North Shore Mountains dall'altra parte del porto e all'improvviso sembrava Natale. Non che lei avesse bisogno della neve per entrare nello spirito natalizio. Non aveva bisogno di parole cittadine o in ogni caso di parole.

Come Ed Lavine, non aveva bisogno di dargli un nome o un marchio. Se lo sarebbe semplicemente goduto.

VI È PIACIUTO ACQUE TORBIDE?

Puoi proseguire la lettura con Blue Moon, il prossimo titolo della serie.

REGISTRATEVI SU HTTP://EEPURL.COM/c0jsL1 per ricevere aggiornamenti su tutte le novità di Colleen.

Oppure visitate il suo sito web: www.colleencross.com

Acque torbide è ambientato nella bella British Columbia sudorientale, Canada, poco a ovest delle Montagne Rocciose. Paradise Peaks e Sinclair Junction sono rintanate nelle Sellkirk Mountains. Il paesaggio è di una bellezza mozzafiato ma anche del tutto privo di misericordia se madre natura decide di mostrare la sua potenza.

Valanghe, slavine e anche il disastro economico possono colpire in ogni momento. L'area ha avuto diversi boom o cicli di attività, evidenziate dalle diverse città fantasma che punteggiano il paesaggio. Molte di più sono completamente sparite ma lo spirito di frontiera dei precedenti abitanti sopravvive nei residenti di oggi.

Anche se Paradise Peaks e Sinclair Junction sono città inventate, sono un miscuglio di villaggi e piccole città che sbarcano il lunario con un'esistenza precaria, dipendente dalle industrie delle risorse o dal turismo rivolto alla natura selvaggia. Come si può immaginare, le due cose non sono sempre allineate. Questo porta a una difficile coesistenza e qualche volta a scontri e controversie.

La gente che abita da queste parti è speciale. Forte e resistente, sa che le cose possono cambiare in un istante. Che sia il temporaneo benessere portato dalla corsa all'oro, una ferrovia che cambia il suo percorso portando la rovina economica o una slavina che cancella un'intera città in pochi secondi, sono persone che hanno visto le catastrofi e sanno che niente dura per sempre. Sopravvivono grazie al coraggio, ai piani di emergenza e a un grande rispetto per la natura.

Che siano gli abitanti storici del diciannovesimo secolo o quelli attuali, queste persone mi ispirano.

Come canta Joni Mitchell in *Big yellow taxi*, non sapremo mai quello che abbiamo finché non l'abbiamo perso. Non si può spianare la strada per il paradiso ma nemmeno fermare completamente il progresso. Trovare un equilibrio richiede che si ascoltino tutti, non solo chi alza la voce o ha più potere.

Nello scrivere questo libro ho cercato le voci più silenziose. Le loro parole possono essere attutite ma non saranno mai zittite. Rispettano il delicato equilibrio della natura e si guadagnano da vivere senza corromperlo.

Ascoltiamoli.

Vi è piaciuto *Una mano di verde*? Scoprite di più su di me e i miei libri sul mio sito: www.colleencross.com e registratevi per ricevere informazioni sulle nuove pubblicazioni: http://eepurl.com/c0jsL1

Riceverete una email solo quando uscirà un nuovo libro.

Grazie per aver letto il mio libro. Spero che vi siate divertiti leggendolo quanto io mi sono divertita a scriverlo!